舌尖主义文丛

六味集

汪曾祺

著

河南文艺出版社
· 郑州 ·

2019 年，作者在鲁迅书店参加活动

1961 年，作者和父母、妹妹在北京中山公园

青年时代的作者与父亲汪曾祺

作者与父亲汪曾祺，妹妹汪明（左一）、汪朝在饭桌边谈笑

1996 年 8 月，作者（左一）和家人合影

作者与女儿汪卉在万荷堂

自序：味外有味

　　原来想用"六味"作为书名，编辑建议改名为《六味集》。想了想，还是加上"集"字比较好，免得让人产生误会，以为这本书与六味地黄丸之类的物件有关。其实与此毫无关系。但加上这个字也有毛病，有点"装"，似乎是什么用心之作，在阐述济世救民之类的道理。其实与此更是毫无关系，只不过在扯些闲话而已。

　　这本书收录的文章大都与饮食有关，但算不上纯粹的美食文章。对于食材选择、烹饪技法之类的内容虽有涉及，但关注更多的是与饮食有关的典故逸闻、人情世故，寻觅五味之外的别种味道。餐桌内外不少事情也是很值得品味的。比如，清代笔记记载，某位皇帝在和大臣闲聊时问起该人是否吃过鸡蛋，因为他觉得这是贵重之物，御膳房每天供应四个鸡蛋的标价是二十四两银子（也有说十二两的），臣子恐怕很难承受。该大臣明知皇上当了冤大头，却不肯说破，免得断了相关人员的财路，日后被套上小鞋，穿着难受。于是敷衍道，自己家中只有在祭祀祖先时才摆上两个鸡蛋，并没有询问过价钱，云云。这类周边人员上下其手蒙骗领导的事情，古今中外皆有之，也算是五味之余味吧。如果硬要归类，这些文章大概可以算作"食话"或是"食事"。

之所以形成这样的写作套路，主要是当初约稿的刊物都不是生活类的媒体，有的是财经类的，有的是管理类的，弄一篇纯粹谈吃谈喝的文章夹在其中，实在不搭。于是只得另想办法,以吃喝为主线,增添些经济、社会、历史、文化方面的作料,铺排之余略作发挥,争取和刊物的风格多少有些契合。没想到编者、读者对此都还认可,一来二去,便成了现在的格式。

再有,我对于写纯粹的美食文章并不在行,觉得很难把饮馔的精妙之处写出来,让人口舌生津。偏偏家里又有个美食家横在那里,名叫汪曾祺,让人甚有压力。虽然此人家庭地位不高,家人皆可称之为"老头儿",但文章确实写得好。比如他写云南干巴菌的味道:"干巴菌是菌子,但有陈年宣威火腿香味、宁波油浸糟白鱼鲞香味、苏州风鸡香味、南京鸭肫肝香味,且杂有松毛清香气味。干巴菌晾干,加辣椒同腌,可以久藏,味与鲜时无异。"搁着我,八辈子也不会把这些味道一股脑和干巴菌联系起来。我们家闺女的描述其实更干脆。当年她上小学五六年级时,回到家中鼻子一耸便会大叫:"又炒干巴菌啦? 一股臭鞋底子味儿!"她其实有潜力成为美食家。若是和汪曾祺在同一口锅里找饭吃,我恐怕只有饿瘪的份儿。因此只好另起炉灶,拿皇上和鸡蛋说说事。

其实,老头儿成为美食家,与我的"大力襄助"也有一点关系。1982年我大学毕业初到报社工作时,跑过一段商业,饮食报道也在其中。1983年年底第一届全国烹饪大赛举办时,我还参加过外围报道,隔着玻璃窗见过溥杰、王世襄、王利器等一干顾问、评委在品评菜肴。那个时候,汪曾祺还没有写过什么美食文章,只是对吃喝之事比较感兴趣而已,连隔着玻璃看热闹的机会也没有。当时商业部在西单办公,东门外有一个出版社的读者服务部,常年售卖一套"中国烹饪古籍丛刊",单本售价不过块儿八毛钱。我去商业部采访后,经常在书店转转,碰见有合适的小书就买上两本,回家孝敬老头儿。后来他写文章,用过书里不少材料,特别是袁枚的《随园食单》,是摆在桌边经常翻阅的。他曾经吹嘘自己创制的"油条塞肉",回锅复炸后极脆,嚼之可"声动十里人"。这句话也是从那些小册子里顺来的,出自《清异录》。

老头儿走后,这些小册子都归了我,后来写文章时也从里面找了一些材料。另外还翻阅了不少笔记小说之类的杂书,找点与吃喝有关的有意思的事儿。我写的这些东西,老头儿如果看到,大约只会哼哼两声,心里头觉得和他文章的路子不一样,非驴非马,很不纯粹。

这就够了。

2022 年 6 月 8 日

目 录
CONTENTS

茄子之交

　　汪曾祺什么时候认识的王世襄？不知道。老头儿没说过，我们也没打听过。

　　这两个人，一个搞文学创作，一个搞文物研究，专业上没什么交集，不过有一件事他们都感兴趣，那就是烹饪。促进两人交往的媒介，则是《中国烹饪》杂志。

　　在饮食圈里，王世襄先生很早就有名气了。《中国烹饪》创刊时，他就是顾问之一。1983 年，全国烹饪名师技术表演鉴定会(实际上就是第一届全国烹饪大赛)在北京举办时,王世襄先生是三名特邀顾问之一,另外两人是溥杰先生和北大教授王利器先生。那时我刚到《经济日报》工作,参与了大赛稿件编辑,还到人民大会堂的赛场转悠过两次,隔着玻璃门看见几位老先生品评菜点。当时,我们家老头儿连隔着玻璃门看热闹的资格还没有呢,盖因他连一篇谈吃谈喝的文章还没写,没人知道汪曾祺还懂点儿美食。直到1985年之后,老头儿开始写点这类文章,慢慢有了些名气。

不过,汪曾祺对中国饮食文化一直很有兴趣。20世纪50年代他买过一本《东京梦华录》,时不时就要翻翻,还在书里夹了不少小纸条,准备写文章时参考。我初到报社时,搞过两年商业报道,经常去位于北京西单的原商业部大楼。大楼一侧有个中国商业出版社的读者服务部,里面卖的书有一套"中国烹饪古籍丛刊",一本也就三五毛钱。我陆续给老头儿买过一些,他看得都很仔细,特别是《随园食单》《清异录》几本,就放在手边。他在文章中说自己发明的塞馅回锅油条,油炸后十分酥脆,"嚼之真可声动十里人"。这个"声动十里人",就是从《清异录》中抄来的,如今却成了他笔下的"金句"。这可真是应了一句老话:"人怕出名猪怕壮。"

再后来,"中国烹饪古籍丛刊"不用我买了,《中国烹饪》送。我手头现在还有几本盖着"中国烹饪编辑部赠阅"图章的小册子,都是从家里"赅搂"来的。送书人当然有图谋,要他写稿。老头儿在《中国烹饪》上发的文章不算多,但有两篇与王世襄先生有关。1990 年,他曾经编过一本小书《知味集》,书的《征稿小启》和《后记》都在《中国烹饪》上刊登过,而且是在同一期。显然是书编好后要找个地方广而告之一下,增加点销路。

汪曾祺在《后记》中说,这本书里只有王世襄先生的文章谈到了糟熘鱼片这样的大菜,其余都是小吃之类,未免有些欠缺。在家里聊天时,老头儿对王世襄先生的评价还要高。他和我说过,这本《知味集》只有两个人的文章够水平,一个是王世襄,一个是李一氓(汪曾祺当然不在参评之列)。这两个人首先是真懂吃,再有是会写文章。老头儿平常看着随和,但是绝不轻易说某人的东西写得好,衡文标准相当高。这本《知味集》收录了王世襄先生的两篇文章,一篇是《鱼我所欲也》,一篇是《春菇秋蕈总关情》,而且排在很靠前的地方。其余作家一般只收录一篇文章。

王世襄先生对汪曾祺也还认可。我们家有一本《中国名菜谱·北京风味》,是王世襄先生送给老头儿的,这本书的序言是他写的。书上还有他的题词,挺客气的。王世襄先生还送过老头儿一些杂著,老头儿也都看得津津有味,他本来就喜欢翻杂书。我手头有一本王先生编著的《北京鸽哨》,内页写的是:"曾祺先生一哂 王世襄奉 九〇元月。"

汪曾祺和王世襄还打过一场"笔墨官司",就在《中国烹饪》上。挺热闹。先是老头儿在1990年年末发表了一篇《食道旧寻》，是为一本书《学人谈吃》写的序言。文章中说学人中真正精于烹调的，据他所知就是王世襄。还说王世襄先生到朋友家做几个菜，主料、配料、酱油、黄酒……，都是自己带去。据说连圆桌面都是自己用自行车驮去的。有一次王世襄用一捆大葱做了一个"焖葱"，结果把所有的菜都盖下去了。汪曾祺最后提议，王世襄先生等人做的菜，可以叫"名士菜"。这个"焖葱"的故事，老头儿以前在家里说过多次，觉得实在有创意，能把最普通的食材做成人人叫绝的美味。这和他的美食主张很是契合。

转过年，王世襄先生在《中国烹饪》上发表了一篇《答汪曾祺先生》，对老头儿文章中一些不准确的地方进行了说明，特别指出自己并无驮着圆桌面去人家做饭的"韵事"。文章还发布了一些王家菜的烹饪要点，其中就有"海米烧大葱"即老头儿文章中所说的"焖葱"，最后说他做的菜叫"学人菜""名士菜"都不合适，称为"杂和菜"倒还行。老先生实在是过于谦虚。王世襄先生为《知味集》写的两篇文章和这篇《答汪曾祺先生》,后来都收入他的自编文集《锦灰堆》中,可见还是挺当回事的。

除了文字交往,两个人还共同参加过一个小团体,名曰"美食人家",其实就是吃喝会。创始会员一共十二人,三联书店原总经理范用先生是财务,王世襄是会长,会员还有丁聪、杨宪益、吴祖光、汪曾祺、冯亦代、许以祺、黄宗江、冒舒湮、方成、黄苗子,都是有些意思的人。这个吃喝会的发起日期是 1996 年 7 月 14 日,虽然成员名头不小,但计划考察的菜品也只是宫保鸡丁、麻婆豆腐之类的家常菜,当时这些人都还没什么余钱。吃喝会的活动没搞几次,老头儿就去世了,也不知后来怎么样了。

老头儿住在京城蒲黄榆的时候,王世襄来过家里一次。那是个大夏天的周末,他从天坛的红桥市场骑车过来,穿了件和尚领的背心,下面是大裤衩子、凉鞋,不穿袜子。手里提溜着那个著名的用捆扎带编成的菜筐。那模样,和胡同里常见的大爷差不多。当时老先生已经快八十了,赶到我们家,就是觉得红桥市场卖的茄子不错,送两个给汪曾祺尝尝鲜。

汪曾祺和王世襄能有"茄子之交",《中国烹饪》应该起了点儿作用。

四川饭店杂忆

1962 年之后，我们家有过几年幸福时光。老爹摘了"右派"帽子且从劳动改造的张家口回到北京，进了京剧团当编剧，一家人终于团聚了。三年"困难时期"已经过去，市面供应有所好转，饭馆里的荤腥逐步多起来。于是，下饭馆添油水便成了全家人的经常性活动。当时父母每月工资加在一起有将近二百五十元，除去日常开销和接济亲友，其余都交给了各家饭馆。

到了月底，家里经常吃得镚子儿全无，于是母亲便逼促我们兄妹向同院她的同事借上十元八元的救急，等发了工资再还。到了下个月，还是照吃不误。母亲搞过医学报道，认为我们几个都在长身体，营养不足日后要吃大亏，所以宁可成为"月光族"，也要吃得好一些。现在想想，还真该感谢她的良苦用心。

我们家当时住在国会街五号，离现在地铁宣武门站的西北口不远。出门走几步便是宣内大街，沿着大街往北到西单商场，一路分布着不少饭馆，有烤肉宛、又一顺、同春园、大地餐厅（俄式西餐）、全聚德（后来改成了鸿宾楼）、玉华台、曲园酒家、峨嵋酒家等。到了晚上，我们一家隔三岔五便会顺着大街瞎溜达，碰到哪家饭馆有座位就吃上一顿，之后打道回府。

去得最多的是四川饭店。这家饭店并不在大街上，在离西单不远的一条东西向的僻静胡同中，名曰"西绒线胡同"。饭店的格局也与一般饭馆不一样，在一座很大的宅院中。进大门之后转两个弯,来到一座四合院,院中花木葱茏,餐厅便在正房和东西厢房内。大门西侧,有一个方方正正的车库,也是营业场所,专卖各种小吃。我们在院里吃正餐的时候少,因为很难等到座位,多数是在车库里就餐。这里的小吃真是好,有担担面,有清汤面,上面浇着一层猪肉臊子,喷香;有抄手,皮薄馅大,分红油和清汤两种;有油炸糍粑,颜色金黄,吃时加上一满匙绵白糖,又香又甜;包子是冬菜猪肉馅的,一口咬下去,川冬菜那咸中带甜的香味顿时布满口中。车库不卖炒菜,只有些冷荤、泡菜,还有小笼蒸牛肉。这里的原料、厨师甚至服务员,都来自天府之国,川味自然地道。这些年来,京城的"四川小吃"也吃过一些,超过当年四川饭店的,没有。

一日,老爹说四川饭店新添了毛肚火锅,兴冲冲地带领全家人前去尝鲜,还是在那间车库。当时京城之中,知道毛肚火锅的人很少,更别说吃了。因此,这顿火锅至今印象深刻。原料就很奇特,有牛肚、鸭血、鳝鱼、腰片诸物,还有一盘白不呲咧说不出名堂的东西,老爹说是猪脑,吃火锅的行家必点此物,也不知从哪儿听说的。味道更是了得,一口吃下去,嘴里就像着了火,这才知道麻辣川菜的威力。火锅中的食材经过麻辣的渗透,味道鲜美,口感各异,于是全家人一边连吸凉气,一边举箸频频入锅,吃得不亦乐乎。最后,连剩汤都带回家下了面条。

此后不久,我们家搬到了京西的甘家口,与四川饭店一别就是近二十年,直到1983年,才重新接上了头。其时我已到报社工作,一次发了横财——五块钱。当时在报社写稿没稿费,写评论文章则有。不过,这项重要工作是部门主任的禁脔,我等初来乍到者根本吃不着。一次,部门正头儿出差在外,副头儿对商业情况不熟,便让我写一篇这方面的短评,接着便有了这五元飞来之财,相当于我六十二元月工资的百分之八。部里两个同事"不平衡",缠着非要我请客,于是三人便到了四川饭店。那顿饭是在四合院的正房吃的,过去我还从没进去过。点了五六个菜,其中一条干烧大黄鱼，放在尺二鱼盘中还是满满当当的，真大。饭后结账，不到八元！虽说这顿饭花的钱比挣的还多，但是绝对值。这两位同事，如今一个远在美国，一个已经退休，不知是否还记得这次聚会？

再去四川饭店，又过了近二十年。一位多年未见的在跨国公司谋职的熟人突然打来电话，说是她的老板要请几个记者吃饭聊天，就在四川饭店。等到我兴冲冲赶到这相交几十年的饭店时，不禁吃了一惊，大门口看不到有人出入，似乎已经停业了。再一打听，原来此处已经改成什么会所了，不对一般人开放，故而门可罗雀。我的"座驾"停放因此也成了问题，这里只管照看四个轮子的汽车，没有自行车存放处。最后，还是把门的保安发善心，答应代为看车，这才让我放心而入。这顿饭吃了什么谈了什么已毫无印象，只记得菜品很清淡，甚至到了无味的境界，似乎换了不甚高明的粤菜厨师。

又去四川饭店，是在北京奥运会期间。一家生产高档手表的奥运赞助商租下这里举办沙龙,招待各界名流,我不幸也在名单之中,而且要签到领牌。虽然明白"人以类聚"的道理,但为了不失礼数,还是硬着头皮前去点卯。这一次,没敢再骑车,坐公交车去的。结果更加尴尬,既无熟人,亦无同道,我只好溜达到产品展示间,浏览那些少则七八万多则几十万的名表。等到推销员开始发动攻势时,我便从容不迫地落荒而逃了,出门时连饮料也没喝上一杯。有点惨。

童年时的四川饭店已经远我而去。其实这也正常,那里原本就是清朝的贝子府,属于贵人私宅,如今用来接待新贵,也算得其所哉。不过,老四川饭店虽已不在,京城却添了更多川菜馆供人选择,这个世界还是在进步。更何况,四川饭店还开了多家分店,尽可让你抒发怀旧之情。至于其味道如何,还是不说为好。别了,我的四川饭店。

他乡异味

中国古人于饮食方面多有经典之言。"口之于味也，有同嗜焉"，便是一例。这句话出自孟轲之口，大意为只要是美味，不分男女老少高低贵贱，大家就会通通喜欢。

不过，圣贤之言未必都是真理。现实之中，南人之口与北人之口，中国人之口与东洋人之口、西洋人之口，所"嗜"之味，往往相差甚远，很难达成一致。联合国安理会如果有朝一日闲得慌，不妨去制定全球美食标准，保准否决票源源不断,比解决伊朗核危机还费神儿。

中国南方的田间地头长着一种草,叶片心形,茎白色,大名蕺菜,古称岑草,别名折耳根。说起来,这蕺菜也是大有名头。想当年,越王勾践吃了败仗,被迫到吴王夫差宫中打工。为早日脱离苦海,勾践使出绝顶功夫,在夫差生病时主动申请尝其粪便,以确定病情,好让大王早日康复。这一手果然灵验,夫差痊愈后,很快便让勾践回国重新上岗。不过,勾践也因此落下了病根,口臭。一国之君,口含天宪,却是满嘴臭气,成何体统? 当时又没有口香糖,便有些麻烦。幸亏大臣范蠡想出个主意,"令左右皆食岑草,以乱其气"。大家都吃点蕺菜,要臭就臭到一块儿,省得老大一个人难堪。这才是为领导排忧解难的高招儿,后人想不断进步者,当细细体味之!

蕺菜之最大特色其实不是臭,是腥,有着一股强烈的鱼腥气,故又名鱼腥草。吃食之中,非鱼而腥者,似乎唯此一物。这种味道,一般人很难消受,因此,吴越之地,除当年伺候勾践的倒霉蛋之外，似乎再没什么人把蕺菜当作正经东西，相反，还授予了它种种"美名"，什么猪鼻吼、狗帖耳、臭草、臭嗟草、臭臊草……。听听这些名号，即可明了其境况如何。

不过，在西南巴蜀之地，鱼腥味十足的蕺菜却被奉若上宾，有着众多铁杆追"腥"族。四川人如果提起折耳根，便会眼睛发亮眉毛上扬，凉拌、烧肉、炖汤，变着花样招呼。四川的烹饪学家熊四智先生还将蕺菜列入四川野蔌八珍，可见其地位之尊崇。邓小平 1986 年春节回四川时，据说就曾指名要吃折耳根，因不到时令，费了不少力气才找到一些。如今，折耳根已能人工种植，四川有的县一种就是上万亩。若范蠡知悉此事，准得目瞪口呆。

折耳根如今在北京超市也经常见得到，有兴趣者不妨买些尝尝，只要挺过最初的鱼腥气，便会觉得它有一股特殊的清香。吃折耳根，以凉拌最好，可以保持其原味儿。要想真正吃"腥"者，则应选择鱼腥草的叶子，那味道，能让人立即联想起农贸市场的活鱼摊位，只是腥得更有水平。

对于戴菜这类异味，一般中国人还是不能"嗜"，老外更是很少敢于问津。同样，对于外国人在饮食方面的某些偏好，很多中国人也不敢领教。比如"气死"——cheese，大名干酪，还有一个翻译得颇雅的名号——芝士，大概译者是想借用"入芝兰之室，久而自芳"的古意。

不过，芝士尽管译名很雅，却绝无芝兰之馨香，有的只是一股怪臭，而且和臭豆腐、松花蛋全然不是一路，据说越臭品质越好，价格越贵。这玩意儿，许多欧洲人当作大宝贝。特别是讲究饮食的法国人，招待重要客人时，主菜上过之后通常会送上一份"气死"，由宾客选用，之后才是甜食。如果最后再提供一支雪茄，这场宴席就简直没的说了。

吃"气死"，先要将最外边的一层白色或满是绿斑的硬膜切去，因其在发酵过程中暴露于空气之中，有一股辛辣味，只留当中的稀软部分，然后配以苏打饼干或是杏脯之类,放入口中慢慢咀嚼,待到一股臭中有香的味道弥漫于整个口腔后,再将其缓缓咽下。

两年前曾在巴黎塞纳河上吃过一次船餐,其中的"气死"之臭,可谓登峰造极。刚刚上桌,一些人便掩鼻离席,一边溜达去了,待到整理外观之后,这东西已经没有形状,像一摊稀泥趴在盘中。对于这样的上等货色,邻座的法国人都颇为敬畏,拿着餐刀在那里瞎捣鼓,不过浅尝辄止。我却未用任何配食,空口将其吃了个一干二净。事毕之后,竟然想起了当年的一首老歌:"东风吹,战鼓擂,现在世界上究竟谁怕谁?……"一股豪情油然而生,自然还带着点臭气。世上许多事情,只有敢于经历,才能回味无穷。

中国人吃西餐,是老太太的被窝——盖有年矣。著名美食家袁枚在乾隆五十七年(1792)出版的《随园食单》中,便提到过"杨中丞西洋饼"。其做法是:"用鸡蛋清和飞面作稠水,放碗中。打铜夹剪一把,头上作饼形,如碟大,上下两面,铜合缝处不到一分。生烈火,撩稠水,一糊,一夹,一熯,顷刻成饼。白如雪,明如绵纸,微加冰糖、松仁屑子。"熯就是烘烤,中丞是清朝巡抚的代称,相当于现在的省长。乾隆年间,能够逗留中国的西洋人,大都为传教士,这些人为了开展宣传工作,将一些洋菜洋点的制作技艺传授给清朝的"高干",完全有可能。

至于正式的西餐馆的出现,则要晚许多年。同治二年(1863),天津租界出现了一家经营餐饮、旅馆和货栈的利顺德,其创始人为英国牧师殷森德(John Innocent)。这算是中国较早的西餐馆。利顺德保存的一套1863年打制的金银餐具,成了西餐传入中国的实物证明。

北京出现中国人开办的西餐馆,则在1900年之后,当时叫番菜馆。《京华春梦录》中说:"年来颇有仿效西夷,设置番菜馆者,除北京、东方诸饭店外,尚有撷英、美益等菜馆,及西车站之餐室,其菜品烹制虽异,亦自可口,而所造点饥物,如布丁、凉冻、奶茶等品,偶一食之,芬留齿颊,颇觉耐人寻味。"

其时，开在前门外廊房头条的撷英，是京城最著名的番菜馆。清初八大铁帽子王之一睿亲王的后人金寄水先生，在《王府生活实录》一书中，曾回忆过他在五岁时随祖母到撷英吃番菜的经历。第一道菜为清汤鲍鱼，撒上胡椒，其味甚美；"第二道菜，是炸鳜鱼。先由服务员用左臂托来椭圆形大瓷盘，递次伸到每人左侧，由食者自己拨取。原来这就叫'拨菜'。这菜外焦里嫩，松软适口。蘸辣酱油，别有风味"；此后的两道大菜是火腿龙须菜和烤野鸭。大菜吃过，还有咖啡、布丁和水果。

从这段描述可以看出，番菜在做法和吃法上与正规西餐相差不多，但所用原料则"中西合璧"。像鲍鱼和鳜鱼，都难入"正宗"西餐菜单，却是中国人餐桌上的爱物。鳜鱼又叫鳌花鱼、桂鱼等，为中国特产，因此国外也称其为"中华鱼"，因肉厚刺少味鲜，鳜鱼很早便被中国人视为美味。直到今日，北京的老莫、大地等俄式西餐馆，仍有以鳜鱼为原料的菜品。这类西餐，已属改良产品，和国外中餐的性质差不多。如果有人认为吃得惯这类饭菜,便可周游世界,饮食无忧,则大错特错。

　　法国有一道菜,曰"鞑靼牛排"(Steak Tartar),就绝非一般人所敢领教。几年前和一批记者到空中客车公司采访,在巴黎餐馆吃饭时,有人望文生义点了这道菜。及至"牛排"上桌,众人却只是大眼瞪小眼,不肯出头认领。盖因盘中仅生牛肉馅儿一团,生鸡蛋一只,外带说不出名堂的树叶、草子儿几样,实在过于生猛。最后,还是本人当了敢死队,将生鸡蛋磕入生肉馅,加上七七八八的调料,慢慢将其送进肚子。味道如何姑且不说,关键是事后屁股好歹没有长在马桶上,以致影响工作。幸甚幸甚!

　　后来在北京见到一位在中国待了十几年的法国女士时,顺便谈起这道生猛无匹的鞑靼牛排,她登时把眼睛睁得大大的,连说"好吃好吃",还说小时候在法国,上肉铺买牛肉馅,回家路上边走边吃,进门时只剩了一半。乖乖!据说,丹麦也有和鞑靼牛排相似的菜肴,名为"魔鬼的太阳"，而且是国菜。中国人碰上这丹麦国菜，多数可能是只见魔鬼不见太阳了。前不久在上海一家酒店餐厅的菜单上，居然见到厨师特别推荐的鞑靼牛排，若不是怕把同行的女士吓着，还真想与"魔鬼"再亲热一下。

虽然说口之于味，难有同嗜，但是活在今天，人们于饮食上还应该学会一点包容。小国寡民时代，固执己见倒也无关大碍，因为无须与外部"搭界"，尽可关起门来，按照自己的喜好吃饭喝汤。如今则不同，人们要外出办事，要旅游观光，要渡洋考察，如果仍一味固执，倒霉的只是自己的肚子。

有一同事，于中国饮食可谓精益求精，自己会摆弄鱼翅、鲍鱼，秋高蟹肥时还专门让人从老家捎来蟹黄包子尝鲜，而且指明不要冷冻的，否则滋味不对。等到出国采访，这套讲究全不灵光。他对大多数洋饭洋菜，不管是否尝过，全然不屑一顾，于是只好经常以面包、生菜度日，饿得肚里长牙。一次在飞机上，此君竟然一连填进八个面包，空姐儿看了直眨巴眼。由此可见,要想肚子不受委屈,就不能坐井观天,盲目地是己而非人。不管是折耳根、"气死",还是鞑靼牛排,都应该先拿来尝一尝,对胃口的吃下去,不合适的放到一边儿。这样做,起码不至于营养不良。

　　饮食内外,其实都不妨来点儿五湖四海。

假如餐桌少了胡食

中国人的吃喝中其实夹带着不少外来货，从其名称便可看出一二。西北入境的多带"胡"字，沿海登陆的则常有"番"号。古代交通工具不发达，开展远程交流殊为不易。若是走旱路，拉上几头骆驼牵上两匹马，尽管速度不快，毕竟安全一些；驾船远涉重洋，则舟小浪高，风险甚大，搞不好就会呜呼哀哉。因此，早期进入中国的外来吃喝，多为走陆路的胡食。

"胡"之称呼，先秦已有之。当时西部北部边境的一些游牧民族，闲着没事时，常常跑到内地打打杀杀，破坏安定团结，当权者很是头疼，于是不管三七二十一，将他们统统称为"胡人"，大概是嫌他们总是胡搅和的缘故。由是，胡人穿的衣服便成了胡服，跳的舞为胡舞，吃的饭为胡食，说的话自然就是胡话了。不过，这些胡人在进入内地打打杀杀的同时，也让同样打打杀杀的汉人学会了不少东西。战国时，赵武灵王放下架子，以胡为师，对军队实行变革，推行胡服骑射，结果军队的战斗力大增，在与别国的打杀中连战连捷。若不是其后代太不争气，只知享乐，统一中国的事没准儿就轮不到秦始皇了。

赵武灵王在推行胡服骑射时，是否也将某些胡食一并引进，史无记载。一般认为，胡食之大规模进入内地（中原），是汉武帝派遣张骞通西域之后的事情。汉武帝刘彻打发张骞出这趟远差的本意，是联络远处的一些个"胡"，来攻打近处的匈奴这个老捣乱的"胡"，以求得边境的安定。结果，张骞没有搅和成这件事，却当了一回倒爷，用一万头牛羊和价值一万万的金帛货物，引进了许多内地没有的好吃好看好玩的东西，好歹没有白忙活。

这些中原没有的新鲜东西，当然要先供圣上享用，西汉皇家的上林苑中就植有瀚海梨、西王枣、胡桃、葡萄、石榴等来自西域的果树。等到年深日久，胡货偷渡宫墙，进入民间后，老百姓好歹也能跟着沾点光，总算没白给朝廷交租纳粮。据史料记载，汉晋时从胡地引入中原的物种，带"胡"字的就有黄瓜（胡瓜）、大蒜（葫）、芫荽（胡荽）、芝麻（胡麻）、核桃（胡桃）、蚕豆（胡豆）等，别的还有石榴、葡萄、无花果、苜蓿……，七七八八一大堆。没有这些个胡货，芫爆散丹、独蒜烧甲鱼、宫保鸡丁这些中国名菜，就得另外想辙。

有专家考证，目前中国人吃的蔬菜有一百六十多种，经常摆上餐桌的有百余种，其中半数左右为本土货，其余则是舶来品。没有胡货，中国人想调剂调剂饮食，就得多费点劲,北京人夏天常吃的拍黄瓜,也得断了货,日子未免不太滋润。虽然中原本土出产的小萝卜可作为替代品,还能加上个"原生态"作为卖点,但黄瓜、萝卜滋味毕竟不同。

现代考古学证明,中原和西部地区的交往,早在三千多年前的商代已颇为密切。1976年在河南安阳殷墟挖掘的商代妇好墓中,出土了七百多件玉器,其中多数属和田玉,出自今天的新疆一带。有专家据此推测,早在汉代丝绸之路开辟之前,中原和西域之间便已有一条玉石之路,气候原因,当时西北地区的植被状况远好于今日,因此长途跋涉不似后来那样艰辛。如果情况确实如此,那么以往人们认定的中国"本土"物产中,可能还有一些具有"胡家"血统。道理很简单,中原和西部的倒爷来往于两地,不可能只是驮上几块石头了事,带回些当地的土特产,让家里人开开眼尝尝鲜,是再正常不过的事情,就像今天人们出国旅游购物一样。

不过,由于这些外来物种扎根中国数千年,早已是胡汉一体，难解难分，使得不少人弄不清其出身由来，祖籍何方，"直把杭州作汴州"。几年前，到欧洲出了一趟远差，回国时在土耳其的伊斯坦布尔逗留了两天，一同事见到街头小摊售卖带刺儿的鲜黄瓜，不禁连声高叫："快看，快看，和中国的黄瓜一个样！"皆因欧洲的黄瓜个个粗如棒槌，面皮光净，味道寡淡，实在把他吃怕了。其实，应该说中国黄瓜和土耳其的一个样才准确。因为土耳其人的先辈是突厥，原先住在中亚，也就是汉武帝要通的西域，当年与大唐的老李家很是打闹过一阵，是正儿八经的"胡人"，后来才迁居到小亚细亚半岛。因此，如果论起顶花带刺的黄瓜的归属权来，中国人未见得能占上风。

汉唐以来，胡人带给汉人的不仅仅是烹饪原料，还有许多制成品，见诸记载的就有胡饼、胡饭、胡羹、胡炮肉等。胡饼即现在的芝麻烧饼，也有说是油煎饼的。白居易有一首歌颂胡饼的诗，内云"胡麻饼样学京都，面脆油香新出炉"，似乎就是油煎的。可能胡饼只是泛称，凡出自胡地之饼,都可以此名之。芝麻烧饼是老北京吃涮羊肉时的必备主食,其中颇有说道。据一位镶黄旗出身的朋友介绍,做芝麻烧饼除了要用花椒、细盐、芝麻,一定要加少许小茴香碾成的粉末。吃烧饼之前,要将其在涮锅上以炭火慢慢焙热,这样香气才能充分散发。此等芝麻烧饼,已非胡饼之最初版本,而是添加了许多新成分,可归入混合经济之列。

胡食中最知名的美味当数"羌煮貊炙"。羌、貊指的是古代西北地区的少数民族,煮和炙则是具体的烹饪技法。《齐民要术》中有羌煮和炙豚、炙牛、炙鹿的操作规程。炙豚法,要用还在吃奶的小肥猪,"揩洗、割削,令极净。小开腹,去五脏,又净洗。以茅茹腹令满,柞木穿,缓火遥炙,急转勿住。(转常使周币,不币,则偏燋也。)清酒数涂以发色。(色足便止。)取新猪膏极白净者,涂拭勿住。若无新猪膏,净麻油亦得。色同琥珀,又类真金。入口则消,状若凌雪。含浆膏润,特异凡常也"。其大意是,将乳猪宰杀洗净,在腹下开一小口取出内脏,用香茅塞满腹腔,将乳猪穿在柞木棍上,然后用小火慢烤。同时还要不断转动木棍,以保证乳猪受热均匀,防止局部焦煳。在烤制过程中,还需要反复涂上滤过的清酒,直到猪的表面上色为止。烤制时还要不时抹上新鲜的猪油,若无猪油,纯净的麻油也可以。这样烤出的乳猪色如琥珀,又像真金,吃进嘴中,立即融化,如同冰雪一般,汁多肉嫩,味道独特。这等做法,与现时的烤乳猪已无大异。

汉唐盛世,胡风劲吹,不但大量商品从西域进入中原,一些胡商还在京城扎下营寨,开商行,办酒店,忙得不亦乐乎。酒店之中,还有原籍胡地的年轻女招待,是为"胡姬"。东汉辛延年的乐府诗《羽林郎》,便描写了这样一位女招待:"胡姬年十五,春日独当垆。长裾连理带,广袖合欢襦。头上蓝田玉,耳后大秦珠。两鬟何窈窕,一世良所无。"诗中还写道,一位权贵家的豪奴企图调戏这位卖酒的胡姬,结果碰了一鼻子灰。看来,古代的当权者及其狗腿子也有泡"洋妞"之嗜好，只是未必都能得逞。

到了唐代，长安的胡商多时达数千人，胡姬当垆卖酒的情况更为普遍。这种酒店出售高昌葡萄酒、波斯三勒浆和龙膏酒等出自西域的美酒，因而许多诗人喜欢在此宴饮，并留下了不少"表扬信"。其中写得较多的是诗仙李白，如《前有一樽酒行》："琴奏龙门之绿桐，玉壶美酒清若空。催弦拂柱与君饮，看朱成碧颜始红。胡姬貌如花，当垆笑春风。笑春风，舞罗衣，君今不醉将安归！"如《醉后赠王历阳》："书秃千兔毫，诗裁两牛腰。笔踪起龙虎，舞袖拂云霄。双歌二胡姬，更奏远清朝。举酒挑朔雪，从君不相饶。"还有《少年行》："五陵年少金市东，银鞍白马度春风。落花踏尽游何处，笑入胡姬酒肆中。"

李白虽然会写诗，但在政治上很不成熟，只知一味赞美胡人酒家的酒好，胡姬貌美如花，能歌善舞，却根本不考虑胡人将这类酒店开到泱泱中国的京城之中，是否具有"文化侵略"的意味。即便要颂扬这类酒家，总得先调查一下，看看它们在本土属于什么档次，是高档品牌还是大路货，如此才稳妥。因此，李白在官场上也一直混不出个模样来，实属必然。

京城至今多胡食。大名鼎鼎的"三烤一涮"（烤鸭、烤肉、烤白薯、涮羊肉）中，烤肉为胡食应无疑问，涮羊肉多半也源自胡地。《旧都百话》中便说："羊肉锅子，为岁寒时最普通之美味，须于羊肉馆食之。此等吃法，乃北方游牧民族遗风加以研究进化，而成为特别风味。"也有人考证涮肉是纯粹国货，说是南宋林洪的《山家清供》中已有"拨霞供"即开水煮野兔肉片的记载，这应该是涮肉的祖宗。即便如此，现在的涮肉也多有胡味儿，要选用内蒙古的肥羊，要添加香菜、麻酱、蒜末儿，要配以芝麻烧饼，舍此便不是涮肉。倘有人谈胡色变，为显示自己思想之纯洁，非要回过头去吃开水煮兔子，恐怕有点犯傻。

持这种观点的人确实有之。《续汉书》的作者便认为："灵帝好胡饼，京师皆食胡饼，后董卓拥胡兵破京师之应。"

汉灵帝的执政能力如何且不论,但是把国家的动乱与引进外来吃喝直接挂钩,实在是让人不知说什么才好。

今天也不知还有没有这样的糊涂蛋。

洋餐土食

出国溜达,吃饭难免受到诸多限制,不像在家,想吃点儿什么尽可随意招呼。但同时,也多了不少选择,只要能放下身段,突破禁忌,就可尝到平时难得一见的特色吃食,既可开眼界,又能饱口福。

前一段,去日本采访佳能公司,路过九州岛的熊本县时,被好客的主人安排吃了一次"马刺"。此马刺并非马靴上的金属尖刺,而是"马肉刺身"的缩写。我虽尝过生牛肉、生羊肉，但马肉也可生吃，则是第一次见识。只见生马肉被码放在盘中，大小厚薄与一般生鱼片相仿。其中一种为精瘦肉，红红的颜色如同金枪鱼；还有两种红白相间，白色的脂肪均匀地分布于瘦肉之中，像日本的雪花牛肉。马刺的吃法与吃生鱼片差不多，只是以姜末代替了辣芥，将生肉片略蘸酱油和姜末，送入口中慢慢品尝即可。马刺的原料来自精心饲养的肉马，肉质相当细嫩，和上等生鱼片差不多，但鲜味和丰腴程度似稍逊一筹。

此等"野蛮"吃食，自然非人人所敢领教。同行的一些记者，便借口属马或是爱马，对此敬谢不敏。这下便宜了几个老饕，几盘生肉没过多久便见了底，一点没糟蹋。吃马刺必须有点儿定力，不能总想着徐悲鸿，否则可能噎着。

我对东洋西洋的这类"土吃"始终抱定一个宗旨，那就是只要当地人能吃，就要尝一尝。这不仅是为了丰富饮食经历，更是对当地习俗的尊重。如果这也不吃那也不吃，自己饿肚子且不说，位高权重者，还可能闹出外交纠纷来。

苏格兰有一道国菜，名为"哈吉斯"（Haggis），也比较"野蛮"。其做法是把羊的心、肝、肺等下水与燕麦、羊脂油、洋葱和香料混合做成馅，缝进羊肚里，用烧、烤、焖、煮等各种方法烹熟。吃的时候把馅料从羊肚中挖出来，配上萝卜或土豆。据说哈吉斯有一股羊下水的膻腥味，因此非苏格兰本土人士很难接受。

前几年，八国集团在苏格兰的鹰堡举行峰会，有两个大国总统对宴会上的哈吉斯说了几句不太恭敬的话，一个说对此不感兴趣，一个说大倒胃口，结果引起当地民众强烈不满。因为这道菜上面凝聚了苏格兰人太多的民族感情。诗人罗伯特·彭斯（Robert Burns）是苏格兰人的骄傲，他的诗作《友谊地久天长》如今已传遍全球，他还写过一首《哈吉斯赞》，对这种极具民族特色的食品大加褒扬。尽管彭斯逝世已经二百多年，但每年1月25日其诞辰到来之际，苏格兰各地和全世界苏格兰人聚集的地方，都会设晚宴庆祝"彭斯之夜"。与会者除了要品尝哈吉斯、畅饮威士忌,还要朗诵彭斯的诗篇,以此表示对这位"苏格兰之子"的敬意。明乎此,便不难体会哈吉斯在苏格兰人心中的地位。

几年前到苏格兰采访时,我与当地发展局的陪同随意聊起了哈吉斯,对方听罢眼睛发亮,顿时将我引为知己,表示一定找机会让我品尝这道苏格兰国菜。经过几天寻觅,最后终于在一家高档餐馆中发现了哈吉斯的踪迹。一尝之后,大失所望。羊下水被细切成芝麻大小的碎粒,摊成薄薄的一层,被碾细的土豆泥夹在中间,像一块圆布丁。这道菜虽然颇为精致,但已磨去了哈吉斯粗犷的棱角,尝不出什么特殊味道,显得很平庸。陪同解释说,如今原汁原味的哈吉斯只在苏格兰家庭中才能吃到,饭店为了揽客已经将其改良,以后有机会一定邀我到家中品尝正宗哈吉斯。此次哈吉斯探险的另一个遗憾,就是没能喝上威士忌。按照当地传统,凡吃哈吉斯必饮威士忌,但是苏格兰政府规定,招待客人一律不得上烈性酒。如此一来,传统习俗只能让位于严格制度了。

　　升级版的哈吉斯虽然失去了原生态的质朴，但这道苏格兰国菜好歹也算尝过了，而荷兰的国菜却始终未能让我一识真面目，至今觉得遗憾。这道菜其实很简单，不过是将胡萝卜、马铃薯和洋葱放入大锅熬煮，属于大杂烩一类，而其历史已有四百多年。1574 年西班牙派大军入侵荷兰，将战略要地莱顿团团包围。由于航道水浅，增援的荷兰舰队迟迟难以抵达城下，城内军民苦苦坚守，把一切能吃的东西全吃光了。危急时刻，天降大雨，河水陡涨，荷兰援军顺利开到城边，西军不战而溃。饥肠辘辘的莱顿军民连忙出城寻找食物，最后在地里找到了一些马铃薯、胡萝卜和洋葱。人们连忙将这三种菜倒进大锅里一起烩煮后充饥，总算没有饿死。此后，荷兰便将这道杂烩定为国菜，每年10 月 3 日家家都要煮食。

　　我在荷兰听到这个典故后，便一直想尝尝这道国菜的味道，但陪同告知荷兰餐馆早已不经营这种杂烩，一般家庭只是到了特定日子才会吃上一顿。果然,在此后的几天中,我一到吃饭时间便打听有无国菜,但餐馆服务员的回答总是"NO",令人怅然。

其实,不吃也可知道,这等大杂烩绝不会是什么美味。荷兰人将其奉为国菜,其实是在品尝历史而非美食。在欧洲各国,荷兰属于最富裕之列,民众早无衣食之虞,然而对于几百年前那场饥饿,举国上下仍然念念不忘,年年还要忆苦思甜,这种尊重历史的精神实在令人感佩。而中国人真正过上好日子也就几十年,对于过去的饥馑却已淡漠,忘记过去,其实不利于社会的进步。若能将青菜豆腐之类的也定为国菜,每年发动全民吃上一天,对于人们清醒地认识国情,减少铺张浪费,起码不会有什么坏处。如果能再设一个禁酒日,则更好。

洋餐土食,耐人寻味。

川
菜
杂
谈

川菜被麻辣

时下，国人的口味似乎有某种趋同倾向，其突出表现就是全国麻辣甚至全民麻辣。在这股风潮的影响下，以麻辣为号召的川菜馆以及湘、滇、黔、赣等蕴含辣味的大小餐馆，如雨后春笋般出现在大江南北、长城内外，大有全国餐桌"一片红"之势。从北京川菜馆的发展轨迹，便能看出这一变化。

从清末到民国,京城长期是鲁菜的天下,虽说也有几家经营淮扬菜、粤菜和闽菜的餐馆,但不过是鲁菜的陪衬而已,相当于早年的个体经济。当时著名的饭馆有"八大楼"之说,即东兴楼、泰丰楼、致美楼、鸿兴楼、正阳楼、新丰楼、安福楼和春华楼。八大楼中,除了春华楼为江浙风味,其余是一水儿的鲁菜。不在其列的翠花楼、丰泽园等名餐馆,也都是山东风味。鲁菜口味以咸鲜为主,既不沾辣,也不惹麻,虽然也有"醋椒鱼"之类的名菜,但此"椒"并非辣椒、花椒,只是胡椒而已。由此可以看出当时人们口味偏好。

四川馆子呢,只有孤零零的一家。据老一辈无产阶级革命家兼文学家和美食家李一氓先生回忆,那家馆子新中国成立初期还在营业,地点在沙滩附近,挨着当时的北京大学,虽说只有三间旧民房,但有些菜比成都的馆子做得还要好,因为老板曾是民国时某位四川籍国会议员的家厨。该议员在北洋政府后期回乡后,厨子留在北京,遂有了这家川菜馆。

到了新中国成立十周年时,京城川菜也呈现出新气象,其中颇有名气的川菜馆已有三家,即前门大街的力力餐厅、西单商场的峨嵋酒家和西绒线胡同的四川饭店。四川饭店和力力餐厅的匾额,都出自郭沫若之手,他是四川人,对川菜自然颇有感情。峨嵋酒家的店名则为梅兰芳所题,这位京剧大师也是饮馔行家,虽说为保护嗓子不近辛辣,但对峨嵋酒家的菜点却多有好评,足见此处川菜并非一团麻辣。

到了20世纪80年代初,京城川菜馆上了一个新台阶。当时北京市政府为丰富餐饮市场,鼓励在京单位与外地开展联营,引进各种风味的餐馆,川菜馆也随之多了起来,上档次的就有十来家。四川饭店的斜对面就开了一家三峡酒楼,生意很不错。只是不少北京人还是觉得过辣。

如今,川菜在京城的地位更是扶摇直上,仅在饭统网上挂号的有名有姓的川味餐厅，就有近五千家，如果算上街头巷尾的"成都小吃"店和麻辣烫摊点，数量起码还得翻番。郭老若活到今天，肯定不敢再为川菜馆题名。近五千家，每天写一个店名，就要花上十几年时间，节假日还得加班。太累。

　　这近五千家餐馆中，有纯粹经营川菜的，其中突出麻辣的各种火锅店占有相当数量；也有一些是将川菜与其他各处的风味混搭着揽客，如川粤、川鲁、川湘、川苏等，这类餐馆所经营的川菜，基本上也是麻辣一路，中正平和的菜肴很少。不在其列的中餐馆，表面上虽然与川味不相干，但不少餐馆在菜品中往往也要夹带些麻辣之味，否则难以揽客。

　　北京西客站附近有家淮扬菜馆，开业多年一直坚持传统风味，蟹粉狮子头、烧软兜、烫干丝等扬州特色菜都还地道。前不久再去吃饭时，菜单中居然出现了水煮鱼、毛血旺之类的高麻辣川菜，与清淡适口的淮扬菜全然不搭界。

说来惭愧,尽管明知不搭,本人还是点了一道毛血旺,因为同桌中有人为麻辣挚友,闻听此菜顿时神采飞扬,为避免出现一人向隅的尴尬局面,只得破坏餐桌整体风格了。这种无奈,恐怕许多饭店经营者都有之。

京城之外,川菜也是一片繁荣。像上海、广州等地,过去基本与麻辣无缘,如今红油火锅、沸腾鱼等川菜已成为不少人经常享用的美食,弄得江南一些地方的猪,前些年见了城里的泔水就跑,因为麻辣味太重,吃了之后总咳嗽,又没有医保。

对于麻辣川菜风行天下之盛况,一些老四川颇不以为然,认为麻辣只是川菜之豪放一派,川菜还有婉约缠绵的一面,而且更有滋味。祖籍成都久居沪上且精于饮馔的唐振常先生,就曾多次撰文为川菜正名,说是川菜的精华并不在辣,过去讲究人家正式宴客,往往无一菜有辣味,只不过用小碟置辣,供客自选为作料而已。而麻辣川菜的代表作之一毛肚火锅,则源于重庆,乃川江船夫所食,因劳动太艰苦，乃食此奇辣巨麻之食，饮烧酒，以解其乏，虽盛暑亦然。此等麻辣川菜虽然盛极一时，"终非川菜之正途"。不过，尽管众多权威人士力图使非权威人士掌握川菜"一菜一品、百菜百味"之精髓，不要一味追麻逐辣，甚至将麻辣川菜归入下里巴人之列，但说者自说，吃者自吃，很难互动。如今川菜馆不标榜麻辣，简直就像全聚德不卖烤鸭一样，反倒让人怀疑是否有假。

　　川菜之麻辣等级不断升高，其实并非经营者刻意为之，更非行政命令使然，全然是市场的力量。食客嗜好麻辣，老板只有逢迎，否则饭馆必然关张大吉。因此，川菜其实是被麻辣的，被众多消费者的舌头麻辣的。

　　川菜缘何被麻辣？个中原因一时半会儿很难理清。可能是如今蔬菜进了大棚，鸡鸭吃了饲料，食材大都失去了原味，只能靠麻辣遮掩。也可能是现在人们的心理过于浮躁，导致舌尖味觉迟钝，非麻辣不能提振食欲。还可能是麻辣川菜价格相对低廉，食之有助于减少家庭开支。

再有,如今海晏河清,政通人和,芸芸众生转而向麻辣川菜寻找点感官刺激,让生活有点滋味,这大约也算一种可能吧!

川菜敢麻辣

川菜是否多麻辣?如今是,而曾经不是。

说"是"的道理无须多说,看看现实便可明了。现如今眼目下,大江南北大街小巷,形形色色的川菜馆,菜品大多以麻辣为号召,有的索性将"麻辣"二字堂而皇之地嵌入店名之中,光是京城便有什么麻辣门、麻辣小馆、麻辣地带、麻辣诱惑、麻辣攻略、麻辣香锅⋯⋯。还有的一层麻辣嫌不够,非要再加上一层,叫什么"怕不辣麻辣香锅",让人听着就上火。

将"麻辣"二字极力彰扬,并非川菜传统风格。过去川味之中虽然也有麻辣一路,但绝少用于菜馆名字。菜名之中虽然有，也不多，像夫妻肺片、宫保鸡丁、鱼香肉丝、干烧鳝鱼，其中都有纯辣味或麻辣味，却藏而不露。麻婆豆腐倒是又辣又麻，疑似名实相符，其实不然。此菜之名源于其创制者，一位姓陈的老板娘，因其脸面上有些麻点，豆腐烧得又好吃，食客遂将豆腐之前加上"陈麻婆"几个字，好与其他家的豆腐相区别，也算是谑而不虐。后来，陈麻婆豆腐才被简化为麻婆豆腐。由此可见，此豆腐虽然带个"麻"字，但绝非麻辣香锅之麻，与味道全然无涉。

虽说今日川菜多麻辣已成不争之事实，早年间却并非如此。起码诸葛亮就没有吃过麻辣川菜，连不麻辣的也没吃过。读过点儿《三国演义》的人都知道，当年诸葛亮辅佐刘备从长江中游西进，夺取的是益州，而非"四川"。据《辞海》记载，现今四川一带，春秋、战国时为巴、蜀等国地，秦置巴、蜀二郡，汉属益州，唐属剑南道。北宋分置西川路和峡路，到了咸平四年（1001）又分西川路为益州、梓州二路，分峡路为利州、夔州二路，总称川峡四路，简称四川路。南宋时设有四川宣抚、制置、总领等职，统辖四路军政财赋。元代又将四路合并，设置四川行中书省。明置四川布政使司，清为四川省。也就是说，最早算到北宋，"四川"之名才算正式面世。中国的菜系都以地方冠名，京、湘、鲁、粤莫不如此，"四川"之名既然晚出，诸葛亮自然也就不会吃上川菜了。

即便加以变通，将川菜的源头上溯至春秋时的巴蜀两国，诸葛亮还是吃不上麻辣川菜，因为其时整个中国都没有辣椒，遑论巴蜀。晋人常璩在《华阳国志》里总结出蜀地菜肴的特色为"尚滋味、好辛香"，当时的"辛香"成员不过是花椒、茱萸、姜、芥等物，并无构成现代川菜麻辣滋味的核心成分。直到明代中晚期，辣椒才从沿海地区传入中国，而四川以辣椒为调味品，大约已是清代乾隆之后的事情了。西南地区最早食用辣椒的文字记载，也不在四川，而在贵州一带。

虽说四川在中国食辣史上并非先行者，但是将麻辣密切结合,并广泛用于各种菜肴之中,却是川人之一大贡献。要说四川人在饮食上的创新精神"硬是要得",见到什么新鲜东西都敢拿来麻辣一番,螃蟹就是其中一例。

四川不靠海洋,自然不产海蟹;虽然沿江,但也没有河蟹,因为河蟹要到海里产卵,蟹苗再沿着江河游到湖塘中成长。四川地界儿太远,加之江流湍急,幼蟹根本游不上去。在交通不便的年代里,不仅一般四川人捞不上螃蟹吃,达官贵人亦如此。

据珍妃的晚辈亲戚唐鲁孙先生回忆,当年内地秋高蟹肥时,朝廷眷念边远外官的勋绩,往往要赏赐他们几只螃蟹吃。这些螃蟹装在黄瓷坛子里,每个坛子内雌雄各一只,然后塞满高粱谷糠,免得它们饿死。受赐者多者可得四坛,少者两坛。这些螃蟹从京城启程,沿运河南下,到了清江浦再换船溯长江而上,直到西南各省。当年唐鲁孙的曾祖担任四川总督时,便曾迭膺上赏,尽享殊荣。不过,这些承载着朝廷浓浓关爱的螃蟹,由于旅途劳顿,抵达时已无一存活，且臭不可闻。但是朝廷的美意又不能随意抛弃，于是唐鲁孙的曾祖只好在总督府后园设置一个蟹冢，每次接到恩赏之后，将其恭恭敬敬地葬于此处。

昔日川人既无蟹可吃，对于烹蟹之道自然无从置喙，只能任由内地美食家们指点江山。而在张岱、李渔、袁枚等大美食家看来，食蟹之道无非清蒸白煮，蘸以姜醋，最高境界是姜醋都不要，品尝其鲜美本味足矣。我家闺女就是这么个吃法，每次见蟹必白口而食，说是一蘸调料味道就吃不出来了，而且她从来不看《闲情偶寄》《随园食单》之类的书。还有一熟人更绝，也是白口食蟹，但过后要喝上两勺醋嚼上一块姜，说是这样既可尝到蟹之本味又可避免胃寒难受。实在是高。这等食蟹法固然不错，但一贯如此未免有些单调。

待到交通便利，川人有缘结识螃蟹之后，随即将传统烹蟹法彻底颠覆，根本不理会权威的箴言，硬是把麻辣之浓烈味道掺入螃蟹之中。也别说，这种做法还真的不错，既保持了蟹之鲜美，又丰富了其滋味，于是，全国刮起了一阵香辣蟹旋风，将沿袭了数千年的食蟹格局彻底打破。

和螃蟹遭遇相同的还有福寿螺，这本是外来的"国际友人"，可川人照样也要拿来麻辣一下，效果同样不错。北京陶然居的女老板严琦，原先在银行工作，后来辞职干起了餐饮，一开始就是专攻如何麻辣福寿螺，终获成功。凭借这一核心竞争力，她把一家五张桌子的小饭铺发展成为全国连锁企业，一年营业额二十多个亿，光是田螺就要卖出三千多吨。这应该是一个升级版的"陈麻婆"，只不过其麻不在脸面上，而在滋味中。

川菜善麻辣

中国各地菜肴中，能将辣椒、花椒弄出各种名堂，将麻辣之味运用得出神入化者，非川菜莫属。

在行家眼里，川菜之麻和辣，和好文章一样，跌宕起伏,摇曳多姿,其中有香辣、麻辣、酸辣、咸辣、微辣等诸多层级,各有各的门道,各有各的滋味。像香辣的特点是以辣取香,将干辣椒在油锅里焖至微煳后使用,以此做出的贵州鸡等菜式,食客可以将煳辣壳放进嘴里慢慢品尝,其香味不亚于吃油炸花生仁,而辣味已所存无几。

麻辣若与其他调料配伍,又能衍生出蒜泥、陈皮、鱼香、家常、怪味等各种滋味,花样繁多,不一而足。川菜之辣,讲究辣而不死,辣而不燥,辣得适口,辣得有轻重层次,同时辣得还要有韵味,要与其他滋味相呼应,相得益彰。如果一道菜中只有麻辣不及其他,麻辣的地位倒是突出了,但成了光杆司令,绝对调和不出美味。没见过有人满嘴嚼着花椒、辣椒还说好吃的,除非马屁精。

川菜独有的怪味鸡,便是诸味和谐的经典作品。所用之调料有红白酱油、麻酱、香油、白糖、醋、芝麻、花生碎米、糟蛋汁、红油、花椒末、豆豉、油酥豆瓣等十多种,其中虽有麻辣出场,但主体味道是咸鲜中微带甜酸,并混合着芝麻、红油、花生和糟蛋汁的芳香。将雏公鸡煮熟晾凉，去骨切片或手撕成块，以此调料拌食，味道好极了。由于这一味型内涵过于丰富，集香、鲜、麻、辣、咸、甜、酸等多种味道于一身，且各家地位相当，谁也难以成为核心，因此命名便成了问题。无论是酱油鸡、麻酱鸡、红油鸡还是白糖鸡、豆豉鸡，都无法体现其味道特色，若是让各家都露露脸，叫个酱油麻酱红油花椒白糖香油豆豉……鸡啥的，也实在不成玩意儿，而且报道时占用版面太多，很不经济，排序也忒麻烦。于是聪明人想出了解决之道，就叫"怪味"，实行集体领导，谁家也别伸头。好在烹坛不比官场，没人会为一只鸡的名称而纠缠不休，遂使怪味之名流传至今。

在川菜的麻辣系列中，怪味的等级不算高，微辣微麻而已。其中之辣取自红油。红油是川菜常用的调味用品，虽然只是微辣，制作却十分考究。北京饭店自制的红油，要选用外观鲜红、小而长的干辣椒，然后去蒂剪短，将籽筛净，以小火将辣椒焙至紫红色，再用绞肉机或是石臼制成粗粉,放入搪瓷等材质的容器内。再将花生油入锅炼烧,其间不能用勺搅动,否则有生油味。等油烧到起沫又散尽时,下葱姜炸煳捞出。将油离火散热,待油温降到不能炸煳辣椒面时,把油冲入辣椒面内,用勺迅速将辣椒面搅散,使之受热均匀,到油亮澄清时方大功告成。若在四川制作红油,多用当地的菜籽油,据说香味更浓,有的还要加入桂皮、草果等香料,以丰富其滋味。

红油的性情比较平和,微辣中带些回甜,因此与蒜泥、姜末、酱油、醋、白糖等调料搭档,效果都不错。川菜中蒜泥白肉、凉拌黄瓜丝、拌耳丝等菜肴,都离不开红油,而红油水饺、红油抄手等,一听名字便知内有此物。七八年前到成都采访时,在杜甫草堂附近的"姑姑宴"吃过一顿饭,席间上过什么大菜早就不记得了,唯独一道凉菜至今难忘,因为过于奇特,名曰"红油雪梨"。初闻此菜,以为红油或雪梨必有一个为借用名,就像一些菜中蛋清为"雪山"、菜糊称"翡翠"一样,待到上菜后发现,就是白生生的雪梨片浸泡在红彤彤的辣椒油中。这种搭配，能吃吗？好在我在吃喝上属于百无禁忌派，于是勇敢地将沾满红油的雪梨送入口中慢慢品尝，结论为"硬是要得"。红油的微辣，将雪梨的甘甜爽脆衬托得更加突出，滋味也变得更加丰富。中国的菜肴素来讲究以味托味，有着"要想甜，加点盐"之类的说法，但是"要想甜，辣油添"，却绝少有人想到。创造红油雪梨者，真乃吃透辣椒习性之高人！

除了红油，川菜中的"家常味"也属于微辣一派。将郫县豆瓣剁碎后入锅煸炒出香味，加入高汤熬煮片刻，捞净豆渣，余下的酱汤便成为家常味的底味。做家常味之菜，还要配以猪肉末，将其煸炒成熟后，再加入葱末、姜末、料酒、胡椒、酱油、糖和豆瓣酱汤，用来烧制鱼、虾、豆腐等物，味道绝佳。家常味的巅峰之作应该是家常海参。说起烹制海参，各地都有高招，鲁菜的葱烧海参，苏菜的虾子烧大乌参，粤菜的海参酥丸，都是脍炙人口的名菜，但是以辣味烧制海参，则是川菜的独家功夫。家常海参色泽红亮，鲜香味浓,可作为宴会大菜飨客。川菜大师曾国华的拿手菜之一便是家常海参,他在烧制时还要加入四川特有的泡青菜,因而其味在浓厚之中又添加了一段清香,堪称一绝。

川菜之麻辣何以如此多彩? 窃以为,关键在于少"官气"。麻辣川菜中,只有宫保鸡丁勉强可与高官显宦沾边儿,其余多为民间创造,像什么夫妻肺片、麻婆豆腐、钟水饺、龙抄手,听听名字就知道出自下里巴人之手。家常海参虽然名贵,但是"家常"一词已经暴露了其出身,后来由大厨将寻常百姓创造的味道移至高档食材,这才名贵起来。无论是家庭主妇还是顶级厨师,站在锅台边时,所琢磨的只是如何做好饭菜,绝不会考虑各种滋味中谁是核心谁是外围,何为骨干何为随从,而是百无禁忌,怎么好吃怎么来。千家万户打破框框一起捣鼓,遂使得麻辣川菜蔚为大观。

何谓"群众是真正的英雄",请看今日之麻辣川菜。

川菜滋味多

现如今提起川菜，人们嘴中往往会辣意十足，甚至生发出"满腔的热血已经沸腾"的感觉。一个辣外加一个麻，似乎已成川菜主旋律，舍此，川菜便不再是川菜。

说起来，川菜之麻辣功夫，并非独家秘诀，中国南北西东，都有辣味菜肴。与四川相邻的湖南、贵州，多年来就曾为谁家不怕辣，谁家辣不怕，谁家又是怕不辣，争得不亦乐乎；而西南的云桂，西北的陕甘，也多有嗜辣者。如今走向全国的兰州拉面，讲究一清二白三红四绿五黄。清者，牛肉汤也；白者，白萝卜片也；绿为香菜末和青蒜末；黄则指拉面本身的颜色，因为要使一些碱，因而不能是白的；红呢，就是油泼辣子。五样齐全，才算地道的兰州拉面。

山西人吃醋全国闻名，但是吃辣照样不含糊。1968年我到山西忻县（现在改叫忻州市）插队时，从老乡那里便听到过一句话："受苦人解馋，不是辣就是咸。"初闻此言，很是疑惑，新中国成立都快二十年了，劳动人民早就翻了身，怎么又有了"受苦人"？后来才知道，贫下中农根本不理会报纸广播中的政治词汇，还是沿用自己多年熟悉的语言，管劳动叫"受苦"，干活不惜力，叫"肯受"，劳动者，自然就是"受苦人"了。所谓"受苦人解馋，不是辣就是咸"，是说把菜做得辣一点咸一点，才能节省原材料，避免入不敷出。不过，当时"受苦人"的日子实在有点儿苦，我们那里不产辣椒，想吃就得花钱买，村里最精壮的"受苦人"，一天挣下的工分也不过值一元钱，要满足全家老小起码的衣食之需已是捉襟见肘，遑论其他。于是，解馋之道基本只有靠咸了，买盐的成本毕竟低得多。有过类似经历的人都清楚，历史，并非都是辉煌的。

川菜之麻辣化，其实走的也是"受苦人解馋"的路子，只不过四川物产丰富，不乏花辣两椒，才使得川菜滋味更加丰富。后来经过不断升级，这路川菜才登上了大雅之堂。对川菜发展略有了解的人都知道,如今不少鼎鼎有名的麻辣型川菜,如毛肚火锅、夫妻肺片、麻婆豆腐、担担面、豆花饭等,都是街头摊贩捣鼓出来的,以供贩夫走卒船工盐丁者流充饥解馋。吃客中,间有囊中羞涩的文人,高官显宦对此则不屑一顾。据说抗战期间郭沫若在重庆时,对当地火锅便很有感情,并以诗句向外省文人介绍其特点:"街头小巷子,开个么店子;一张方桌子,中间挖洞子;洞里生炉子,食客动筷子;或烫肉片子,或烫菜叶子;吃上一肚子,香你一辈子!"有人说此诗为郭老的即兴之作,也有人说他只是引用了当地的民谚。其实,诗的作者为何人并不重要,关键是从诗句中可以看出火锅店确实很大众,尽管能香你一辈子,却只是街头巷尾的么店子。蒋委员长之流,是决计不会到这等地方宴客的,再说他老先生也承受不了麻辣。

其实,宴席上的川菜,并非处处麻辣。祖籍四川的张大千先生,在台湾时经常施展厨艺,宴请挚友,并亲自书写菜单。1981年张大千请张学良等人吃饭的菜单保留了下来,其中包括:干贝鹅掌、红油猪蹄、蒜薹腊肉、干烧鳇翅、六一丝、蚝油肚条、葱烧乌参、清蒸晚菘、绍酒焖笋、干烧明虾、佘王瓜肉片、粉蒸牛肉、鱼羹烩面、煮元宵、豆泥蒸饺。菜名上体现麻辣之味的,只有红油猪蹄和干烧明虾。干烧是川菜特有的烹制法,将鱼虾等物过油后,入猪肉末和豆瓣等调料煸炒,然后将汤汁收干。此菜虽不勾芡而外观鲜亮,四川人称"自来芡"。另外,大千先生所制粉蒸牛肉也要用辣椒、花椒,而且辣椒面和花椒面要在牛肉起笼时加入,再加些香菜,以增其鲜美。别的菜肴,则少有麻辣之味了。

四川老报人兼吃主儿车辐先生当年在成都曾与大千先生有所接触,据他说张大千还有一道宴客的看家菜——三大菌烧鸡屁股,当地人叫鸡翘翘。一盘菜起码要用二十多个鸡屁股,都是当时公款请客的下脚料。大千先生对鸡翘翘情有独钟,一次在赴宴时,他用筷子指着此物对众人说:"哪儿痛吃哪儿。"众人听罢一怔,谁也不敢吃"那儿",于是大千先生将"那儿"顺理成章地送入自己口中。由此可以断言,大千先生烹制的三大菌烧鸡屁股,定然不是麻辣味。因为人类与鸡屁股相对应的部位一旦痛起来,是经不起刺激的,吃了麻辣鸡翘翘,不但补不了"那儿",反而会弄出更大的问题。搞不好,真的要"热血沸腾"了。

菜单中的另一道菜"清蒸晚菘",应该与四川名菜"开水白菜"有些渊源。这道菜据说当年由黄敬临先生创制,后来传给其弟子罗国荣,新中国成立后罗国荣带着大徒弟黄子云到北京饭店掌厨,此菜后来又由黄子云传授给陈玉亮等人。这几个人,在川菜中都算得上大师级人物。开水白菜之名贵,不在"白菜"而在"开水"。所谓开水,其实是以老母鸡和猪肘为原料,用小火花上几个小时熬制出的清汤,熬制过程中要撇去浮油,还要将猪瘦肉和鸡脯肉分别砸成肉泥,分批放入锅中"扫汤",即吸附汤中的悬浮物,直到汤清如水,才算大功告成。这等"开水"做出的白菜,味道自然不同凡响。1983 年,陈玉亮就是凭借开水白菜和三元牛头等川菜,在首届全国烹饪大赛中赢得"最佳厨师"称号,全国有此名头者仅十人。

川菜的滋味非常丰富,绝非"麻辣"二字所能涵盖,就像眼目下的中国,除了大都市中住豪宅开跑车的大款,还有千千万万的"受苦人"。

猪头的前世今生

中国人对吃喝研究之深入，可谓天下第一。

首先是吃得全面。但凡可以入口之物，绝难漏网。鸡鸭鱼蟹自然不在话下，即便是虫蚁蛇蝎，都可做成美味。据《周礼·天官冢宰·膳夫》记载，当时天子的日常伙食标准为："食用六谷，膳用六牲，饮用六清……珍用八物，酱用百有二十瓮。"这一百二十种酱中，除鱼酱、兔酱、猪肉酱等大路货外，还有蜗牛酱、鱼子酱和蚂蚁酱等稀罕品种，可见数千年之前,中国人的食性已经很杂了。

再有就是吃得彻底。只要是可吃之物,便要从主体一直吃到细枝末节,处处搜剔,细细品味。就拿鸭子来说,洋人一般也就吃个鸭胸、鸭腿什么的,其余则弃而不用,而国人的综合利用水平则高得多,鸭头鸭掌,鸭胗鸭肝,鸭肠鸭胰,鸭心鸭血,都要烹而食之。其经典之作就是全聚德的全鸭席。一只鸭子七七八八地吃下来,所剩大约只有鸭毛了。

中国人于饮食之道为何如此精通?专家学者各有高见。有人在比较中国与日本的饮食差异后得出的结论是:日本于男女关系上一向比较开放,人们于此花费精力较多,故而在吃喝上面便不够讲究;而中国则正好相反,社会上对男女情事看管较严,一般人闲着没事干,只好琢磨吃喝之事,一来二去,遂成就世界烹饪大国的地位。这一说法,倒是与中国古代圣贤之说颇为相符。

孔老夫子在世的时候便已明确指出,"饮食男女,人之大欲存焉"，此经典言论收录在《礼记·礼运》中。既然人们最基本的需求无非饮食与男女，后者如果受到严格管制，前者便会更加昌盛，就像盲人因为看不见，所以听觉会更灵敏一样，这就是科学家所说的"代偿功能"。以此来解释中日饮食男女之差异，大致成立。不过，中土和东瀛之外，地球上还有个法兰西，此处居民竟然是征食逐色两不误，而且全是超一流。这就有些麻烦了。看来，饮食与男女，并非只是此消而彼长的零和游戏，搞好了也可能和谐共处，相互促进，描画出"落霞与孤鹜齐飞"的佳境。当然，其前提是社会环境足够宽松，没那么多清规戒律。

不过，浪漫之法国人，就吃喝的精细与彻底程度而言，比起中国人似乎还稍逊一筹。就拿各种食材的头蹄下水来说，尽管法国人精于煎鹅肝、炖羊舌、烧牛尾，但是对于脖子以上部位，则缺少应对之道。在欧洲的超市里，偶尔也会有几个鱼头卖，但都是喂宠物的，人不吃。我的一个同事在欧洲当驻外记者时，看到有鱼头卖便要包圆儿，带回家去炖豆腐，慢慢享用。逢到此时，经常会有热情的家庭主妇过来询问，为什么买这么多鱼头啊，是不是家里养了很多猫啊？有几公几母几大几小啊？弄得他哭笑不得。以后，他在买鱼头时，只要看到有人过来搭讪，索性主动发话："我家养了很多猫，我家养了很多猫!"这才省去了不少口舌。

相比之下，中国人处理这些零碎儿的水平则要高得多。不但鱼头可以炖豆腐、泡饼，就是牛头、羊头这些大部件，也都能做成美味，四川的三元牛头、北京的白水羊头，都颇有些名气。而花样最多的，是猪头。

据专家考证，中国人养猪已经有九千年的历史，比起养鸡养鸭来要长得多。吃猪头的年头自然也短不了，距今六千年的西安半坡遗址就曾出土过猪头骨，那还是新石器时代。过去王公贵族祭祀天地和祖先时，最隆重的场合要以整猪、整羊和整牛为祭品。三者俱全为"太牢"，一般只有天子可以使用，猪羊两全者则为"少牢"，供诸侯之类的高干祭祀用。一般百姓虽然不够级别，好歹也得弄个猪头摆在祖宗牌位前，让先人开开荤。祭祀完毕，这个猪头便要送入锅中修炼，供后人慢慢享用。因此，对于猪头的烹制之道，古人早有研究。

一千五百年前北魏贾思勰所著的《齐民要术》中，便记载了"蒸猪头"的制作要点："取生猪头，去其骨。煮一沸，刀细切，水中治之。以清酒、盐、肉蒸，皆口调和。熟，以干姜、椒着上食之。"元代御医忽思慧的《饮膳正要》一书中，也载有"猪头姜豉"的做法："猪头二个，洗净，切成块；陈皮二钱，去白；良姜二钱；小椒二钱；官桂二钱；草果五个；小油一斤；蜜半斤。右件，一同熬成，次下芥末炒，葱、醋、盐调和。"《饮膳正要》中，以猪肉为原料的菜肴寥寥无几，这可能和蒙古族长期游牧不习养猪有关，书中对猪肉评价也不高，给出的考核结论是："味苦，无毒。主闭血脉，弱筋骨，虚肥人。不可久食，动风。患金疮者，尤甚。"即便如此，这本书还是收录了猪头的做法，足见其影响力之大。

　　明清时,猪头之烹制方法更趋丰富,清代著名美食家袁枚在《随园食单》中,便收录了两例治猪头法:"洗净五斤重者,用甜酒三斤;七八斤者,用甜酒五斤。先将猪头下锅同酒煮,下葱三十根、八角三钱,煮二百余滚;下秋油一大杯、糖一两,候熟后尝咸淡,再将秋油加减。添开水要漫过猪头一寸,上压重物,大火烧一炷香。退出大火,用文火细煨,收干以腻为度。烂后即开锅盖,迟则走油。一法打木桶一个,中用铜帘隔开,将猪头洗净,加作料闷入桶中,用文火隔汤蒸之,猪头熟烂,而其腻垢悉从桶外流出,亦妙。"袁枚之后,传说由扬州盐商童岳荐编纂的《调鼎集》中,更是收录了十余种猪头烹制法,除《随园食单》中的猪头二法外,还有蒸猪头、锅烧猪头、醉猪头、烂猪头、炖猪头、猪头糜、陈猪头等,名堂实在不少。不过,如今扬州鼎鼎有名的扒烧整猪头,却未见记载,大约其时尚未举行正式命名仪式。

　　扒烧整猪头,与清蒸蟹粉狮子头和砂锅拆烩鲢鱼头,并称为"扬州三头"。其名气之所以如此之大,是因为原创者并非凡夫俗子,而是清修高人——法海寺中的和尚。这一点有诗为证。清代文人写过一首《望江南》:"扬州好,法海寺间游。湖上虚堂开对岸,水边团塔映中流。留客烂猪头。"由此看来,只要是有心之人,无论身居何处,都能对中国美食的发展有所贡献,只要少点清规戒律。

除扬州外,各地也不乏猪头精品,四川的豆渣猪头便是一例。其做法是,将猪头洗净劈成两半,与油鸡、干贝、火腿、口蘑以及葱、姜、料酒等调料同烧,大火烧炖片刻后,用小火煨烂,然后用部分汤汁将蒸熟的豆渣烧入味,浇在猪头之上即可。这道菜还进了北京饭店的川菜谱,据说其特点是酥、烂、鲜、香,肥而不腻。这应该不成问题。有那么多好材料帮衬,别说是猪头了,就是木头也能变成美味。

豆渣猪头,最初应该是穷人的吃食,与叫花鸡可为同侪。后来大概是某位有钱而又有闲者吃腻了山珍海味,想换换口味,于是将其升级换代,玩出这么个新产品来。普通百姓家中若有这么多好东西,径直吃口蘑炖油鸡就得了,犯不上和豆渣、猪头一起打包上市。您说是不是这个理儿?

世上还真有猪头的铁杆"追星族"。据《清稗类钞》记载:"杭州市中有九薰摊,物凡九,皆炙品,以猪头肉为最佳。道光时,大东门有绰号蔡猪头者,所售尤美。仁和姚小荷茂才思寿为作诗云:'长鬣大耳肥含膘,嫩荷叶破青青包。市脯不食戒不牢,出其东门凡几遭。下蔡群迷快饮酒,大嚼屠门开笑口。鹅生四掌鳖两裙,我愿亥真有二首。'"这姚小荷到底是读书人,在诗中用了不少典故,像"下蔡群迷",便出自宋玉的《登徒子好色赋》。宋玉在文中说自家的东边有一绝色佳人,嫣然一笑,便可"惑阳城、迷下蔡"。阳城和下蔡都是当时楚国的都市,也就是说,其"东家之子"具有倾城倾国的魅力。而姚秀才居然将"长鬣大耳"者流的吸引力与这样的美人相比,足见其痴迷程度。还好,猪头终究不是罕见之物,否则二百年前便得闹出蹈海轻生的故事来。

　　较之江浙一带，京城过去猪头加工产品的种类要少些。最常见的就是猪头肉，且火候多不到家，给人生腻之感，因此只能混迹于小酒馆之中，登不得大雅之堂。前些年，北京出了金三元酒家，创出个新菜"扒猪脸"，居然唱起了宴席上的"大轴"。一些人不惜驱车几十里，以一尝扒猪脸之滋味，有的还要连吃十次八次，生意相当红火。

　　金三元的扒猪脸，好在软烂浓厚，肥而不腻，另外就是什么时候吃，都是一个味儿。做到这一点十分不易，因为中国菜肴的烹制，全靠厨师的感觉，而感觉是很难精确复制的。扒猪脸保证味道如一的法子其实很简单，就是取消厨师，将烹饪全过程实行标准化管理。从猪头选取、原料加工，到调料配置、烹制温度和时间，每个环节都有具体的数据要求，不能跟着感觉走。如此一来，几个徒工一个月便能照章加工出一两万份扒猪脸。

　　推进猪头烹饪现代化的人叫沈青，过去长期搞环保型锅炉，还得过奖。不过，得了奖的锅炉设计到头来还是一堆图纸，而他退休后开的餐馆却搞出不少名堂。中国的不少美食，都出自非专业人士，这些人不在圈内，受到陈规旧俗的束缚要少一些，因而更具创新意识。扒烧整猪头与扒猪脸便是例证。遗憾的是，如今金三元已经歇业，因为老沈已退出江湖，而他的后代改行做房地产去了。好在扒猪脸的制作技艺已经程式化，尚不致失传，若有人愿接手经营，则世上当可多一美味存焉。

古往今来说火腿

中国的许多吃食喜欢与名人挂钩,似乎非如此不能证明其出身高贵。各地的大菜小吃,只要能从这些人的肚皮中走上一遭,便算是拿到了血统证明,可以标榜为"正宗"美味。

有资格为吃食当招牌的,其中一类是文人,并常常拥有冠名权。什么云林鹅、眉公饼、笠翁糕、组庵鱼翅、潘先生鱼、马先生汤……,各有各的说道。其中"夺冠"最多的,乃东坡居士。除了人们熟知的东坡肘子、东坡肉,还有东坡腿、东坡豆腐、东坡玉糁羹、东坡芹芽脍、东坡墨鲤、东坡酥……,足可开一桌筵席了。

不过,这些个菜点之中,有多少是苏轼先生原创或是品评过的,又有多少是后人附会的,谁也说不清。其中比较可信的应该是玉糁羹,因为他老人家亲笔写过《东坡羹颂并引》,即烹饪指南,还曾赋诗咏颂之,对此评价很高。诗云:"我昔在田间,寒庖有珍烹。常支折脚鼎,自煮花蔓菁。中年失此味,想像如隔生。谁知南岳老,解作东坡羹。中有芦菔根,尚含晓露清。勿语贵公子,从渠醉膻腥。"不过,这玉糁羹虽然受到东坡先生的推崇,现今却难觅其踪迹。因为这个羹只是清水煮蔓菁、萝卜,再加些许米粒而已。味道太寡淡,原料又便宜,卖不出大价钱,故而无人经营。文人之作用,不过是给一些人当当幌子罢了,其实是当不了家的。

充当吃喝形象大使的最佳人选,自然是皇帝,因为属于稀缺资源。一种吃食但凡沾染"皇"色,便会身价倍增。江苏沛县的鼋汁狗肉,据说刘邦在家乡当混混儿时,常吃而不厌,并且是由老刘的铁哥们儿、后来当了舞阳侯的樊哙研发的。扬州的狮子头,据说是隋炀帝游览当地名胜葵花岗后,命令御厨以景为题创制出来的,因此也叫葵花献肉。杭州的吴山酥油饼,据说原为北宋宫中点心,本名"大救驾"。当年赵匡胤在后周当大将时,一次进攻南唐颇费气力,搞得老赵心力交瘁,不思饮食,厨师做了酥油点心呈上,才使他食欲大振。老赵登基之后,遂将酥油饼御封为"大救驾"。一道点心,居然和千军万马一样具有救驾功能,也算是风光到家了。

不过,这些说道都只是"据说",正史不载。《史记》倒是记述过刘邦未曾发迹时的表现,"好酒及色";也证实过樊哙的职业,"舞阳侯樊哙者,沛人也。以屠狗为事,与高祖俱隐"。只凭这两句话,居然有人能演绎出一段故事,让刘邦、樊哙和狗肉三位一体,也算是功夫。

　　饮食之中,还有一样出身高贵的东西,就是火腿。

　　据说,南宋抗金名将宗泽回家乡浙江义乌探亲时,请人腌制了许多猪腿,返回前线后以此馈赠亲朋,犒赏三军,并名之为"家乡肉"。将士美味下肚,个个奋勇向前,打得金兵直把宗泽称作"宗爷爷"。以后,宗泽又精选出上等"家乡肉",进奉宋高宗赵构,并得到皇上青睐。赵构见腌制的猪腿肉色泽鲜红似火,遂将其更名为"火腿"。从此火腿便闻名于天下,宗爷爷也因此成了火腿业的"祖师爷",说得是有鼻子有眼。

　　说起来,赵构的皇上当得确实不怎么样,重用奸相秦桧,杀害精忠报国的岳飞,但是在饮食上还有些鉴赏力。据南宋周密《武林旧事》记载,赵构后来当了太上皇,经常到西湖观光游览,并把湖上卖小吃的召到龙船上,现场品尝,今天仍在售卖的宋嫂鱼羹就曾进过这位太上皇之口。赵构吃过之后感觉不错,遂下令"赐金钱十文,银钱一百文,绢十匹"。

　　不过,赵构虽然精于饮馔,却未见得会啃腌猪腿。北宋时老赵家的伙食有一大特点,就是重羊而轻猪。据《宋会要辑稿》记载,"御厨止用羊肉",基本"不登彘肉"。宋神宗时,御厨一年消耗肉食,计有"羊肉四十三万四千四百六十三斤四两,常支羊羔儿一十九口,猪肉四千一百三十一斤"。宫中上上下下装进肚子的猪肉,不及羊肉一个零头,足见其地位之低微。皇宫之外,猪肉也不受待见,苏轼还为此出过证明材料,他在谪居湖北黄州时曾这样描述:"黄州好猪肉,价贱如泥土。贵者不肯吃,贫者不解煮。"唯此,从不挑食的东坡居士才捡了个大便宜,"早晨起来打两碗,饱得自家君莫管"。当时人们认为猪肉"久食杀药,动风发疾",对身体有害,因而才会出现"贵者不肯吃"的情况。

　　南宋初期,尽管遭逢战乱,赵家皇帝这一饮食习惯似乎并无太多改变。赵构的接班人宋孝宗执政时,皇后"中宫内膳,日供一羊",未见有猪。赵构在位时,曾经到清河郡王张俊家赴过一次宴,席间所上的一百多道菜中,有鸡有鸭,有鱼有虾,还有螃蟹、黄鳝、香螺、鹌子、鹅掌、羊舌……,但是可以明确指认为猪肉的,似乎没有。倒是猪肚的待遇还高些,在筵席之上好歹露了一面。其时江南羊肉价昂,一斤要九百钱,非一般人所能问津。有官员因肚里馋虫闹腾而赋打油诗曰:"平江九百一斤羊,俸薄如何敢买尝。只把鱼虾充两膳,肚皮今作小池塘。"鱼虾吃多了会让人发牢骚,可见其贱,然而鳞甲一族终究还上得席面,供皇上看上两眼,而猪肉连这点资格都没有,可见其贱而又贱。在这种大环境下,宗老先生如果硬要奉上两条腌猪腿让万岁爷开牙,那可真正是老糊涂了。

其实,就连宗泽是否腌过猪腿,也要打一个问号。据《宋史》记载:"泽质直好义,亲故贫者多依以为活,而自奉甚薄。常曰:'君父侧身尝胆,臣子乃安居美食邪!'"有此思想境界的官员,不大可能在吃喝上大动干戈,更不会借此巴结领导。再者说,按现在的工艺腌制金华火腿,从选料、入盐、修整、晾晒、发酵直到成品出库,时近一年。宗老爷子如果见天折腾这些事情，就别带兵打仗了，只好改行去领导御膳房。因此，说火腿乃宗泽原创、赵构命名，就像说馒头是诸葛亮蒸出来的一样，实在缺乏可靠证据。

直到元代，猪肉的官方地位仍旧不高。曾任宫廷饮馔太医的忽思慧，在其所著的《饮膳正要》中对猪肉的评价是："味苦，无毒。主闭血脉，弱筋骨，虚肥人。不可久食，动风。患金疮者，尤甚。"猪肉既被官方审定为不可久食，火腿想要挤上宫廷餐桌，恐怕也难。

尽管火腿之名未必出自老赵家，但金华的腌腊食品却是早已有之。元代无名氏编撰的《居家必用事类全集》中，就载有婺州腊猪法："肉三斤许作一段，每斤用净盐一两，擦令匀入缸。腌数日，逐日翻三两遍。却入酒醋中停，再腌三五日。每日翻三五次，取出控干。先备百沸汤一锅，真芝麻油一器，将肉逐旋各窝，略入汤蘸，急提起，趁热以油匀刷，挂当烟头处熏之。日后再用腊糟加酒拌匀，表里涂肉上，再腌十日取出，挂厨中烟头上。若人家烟少，集笼糠烟，熏十日可也。其烟当昼夜不绝。"看来工艺十分复杂。

元代的婺州路后经朱元璋钦定，更名为金华府，辖境包含了今天的金华、兰溪、东阳、永康、武义等市县，宗泽的老家义乌也在其中。金华火腿出于此处，应该是有所传承。

明清之际，金华火腿已经有些名气，清康熙年间的著名文人朱彝尊的《食宪鸿秘》中，便载有金华火腿的检验和腌制方法："用银簪透入内，取出，簪头有香气者真。腌法：每腿一斤，用炒盐一两（或八钱），草鞋捶软，套手（恐热手着肉则易败），止擦皮上，凡三五次，软如绵，看里面精肉盐水透出如珠为度。则用椒末揉之，入缸，加竹栅，压以石。旬日后，次第翻三五次，取出，用稻草灰层叠叠之。候干，挂厨（即厨房）近烟处，松柴烟熏之，故佳。"同书中，还记有八九种火腿烹制法，如煮火腿、熟火腿、糟火腿、辣拌法等，由此可见，当时人们食用火腿已比较普遍。

除金华外，中国许多地方出火腿，云南宣威、江苏如皋、湖北恩施、贵州威宁的火腿都颇有名气。甘肃陇西也有火腿生产，其原料取自当地特有的"蕨麻猪"。这种猪过去大都牧养，靠吃野地里的蕨麻长大，故有此名。蕨麻既可药用亦可食用，俗称"人参果"，整天吃这等伙食的猪，做出的火腿品质自然不会差。陇西地处甘肃东南部，过去十分贫困。当年左宗棠率领大军西征平叛时曾路过此地，在写给皇上的奏折中有"陇中苦瘠甲于天下"的慨叹。就是这么一个地方，居然也出产火腿，也不知是怎么鼓捣出来的，经常享用者有哪些人。

我读大学在甘肃实习时，曾陪省报的一位部主任到陇西一个山村采访，其时村里农民的居室，用家徒四壁形容一点也不过分，有的人家里最值钱的就是一只不会走的闹钟。就这样，农民对生活已经很满意。因为实行了大包干，一年到头可以吃饱肚子，而过去青黄不接时，全村人都要外出讨吃要饭。离开山村来到县城，已是中午时分，正赶上县里招待客人,于是招呼我们一起吃饭。正是这顿饭让我认识了"瘦肉艳红如血,肥肉晶莹似玉"的陇西火腿,味道确实鲜美。因为有头一天的采访,这顿饭让我至今难忘。听人说,如今当地农民生活好多了,这一点应该不会错。但愿他们也能吃上陇西火腿。

地羊际遇

　　世上有许多人不吃狗肉,中国的、外国的都有。许多不吃狗肉的人,其祖先必定有人吃过狗肉,中国的、外国的都有。因为人类当初将狗从荒野引入家中时,主要就是为了食其肉,捎带着让它打猎和看家。在欧洲,六千年前便将狗作为家畜饲养,为的就是吃,中国人之食狗史与欧洲也相差不多,西安半坡遗址中即发现有距今五六千年的狗骨。至今,仍有不少地方将肉狗称为"地羊",以突出其可食性。

据甲骨文记载,商代祭祀一次便要用狗百只,可见其时养狗业已有相当规模。当时狗肉不但可以摆上供桌,还能进入最高当局的餐桌。《周礼》便曾明确指出:"凡王之馈,食用六谷,膳用六牲。"所谓六牲,古人的流行说法为马牛羊豕犬鸡,也有人认为是牛羊豕犬雁鱼。不管哪种说法,狗都名列其中。周代宫廷食品"八珍"之一的"肝膋",就是网油烤狗肝,可见其地位之尊贵。春秋时越王勾践被吴王夫差打败之后,为了尽快恢复国力,重整军队,在国内推行鼓励生育的政策,"生丈夫,两壶酒,一犬;生女子,两壶酒,一豚"。生了男丁的人家要送狗,而生了女孩的只送一只小猪,这一奖励条例,足可证明当时狗肉要比猪肉金贵得多。

到了秦汉之交,社会上食狗之风仍然很普遍。在鸿门宴上敢与项羽叫板、救刘邦于险境的汉军大将樊哙,早年便"以屠狗为事",其勇猛刚烈大约与职业训练有关。汉代以狗肉或狗下水为原料的菜肴有狗醢羹、狗苦羹、犬肋炙、犬肝炙等，从名字上看，犬肝炙应当与周代宫廷食品"八珍"中的"肝膋"有些关联。

当人们还在为吃饱肚子而操心劳神的时候，狗是很难成为宠物的，其被饲养的目的只有两个，为主人猎取肉食或是直接提供肉食，或者兼而有之，先去打猎，再被吃掉。为大汉王朝的开创立下赫赫战功的韩信，后来被高祖刘邦以谋反之罪拿下时，曾经慨叹道："狡兔死，良狗烹；高鸟尽，良弓藏；敌国破，谋臣亡。"一旦失去利用价值，良狗都要拿来烹一烹，遑论劣狗。

魏晋之后，关于狗肉的记载逐渐少了。《齐民要术》中收录了当时许多菜肴的制作方法，但是以狗肉为原料的只有一种。到了宋代，狗肉不要说名列"八珍"了，就连一般宴席也难见其面。南宋清河郡王张俊曾经在府邸请高宗赵构吃过一顿饭，共上了各类菜肴六十八道，外加点心、水果、干果和各种看盘一百多款。这六十八道正菜中，有花炊鹌子、荔枝白腰子、沙鱼脍、鲜虾蹄子脍、南炒鳝、螃蟹清羹、蛤蜊生、润鸡、润兔、煨牡蛎、水母脍、脯鸭、野鸭……，美味纷呈，不一而足，却未见狗肉踪迹。狗肉官方地位之下降，当与宋徽宗赵佶有关。因为他属狗，于是便在某些狗腿子的怂恿下，下令禁止天下屠狗。

宋人朱弁在《曲洧旧闻》一书中记载了此事的原委："崇宁初，范致虚上言，十二宫神狗居戌位，为陛下本命，今京师有以屠狗为业者，宜行禁止。因降指挥，禁天下杀狗，赏钱至二万。太学生初闻之，有宣言于众曰，朝廷事事绍述熙丰，神宗生戊子年，当年未闻禁畜猫也。"宋代的太学生爱找碴儿，喜欢对国家大事发表看法，让当局颇为头疼。不过，此番议论还算靠谱。你赵佶属狗，就禁止天下人杀狗吃狗，实在没有道理。你老子神宗赵顼是属老鼠的，怎么没见他禁止天下人养猫啊？尽管这一纸禁令实在荒唐，但提出建议的范致虚却得了不少实惠，除赏钱外，官职也是一升再升，从中书舍人，到兵部侍郎、刑部尚书，后来还成了观文殿学士，通常只有当过宰相的人才能获得这一头衔。只是其真本事似乎不大，率领二十万大军与金兵刚一照面，便溃不成军，折损过半。这也是宠物的共同特点，围着主人撒娇卖嗲可以，正经事情往往办不成。

幸好赵佶的皇位没有坐太久，这才让狗肉在民间保留了一席之地。时至今日，中国仍有不少地方视狗肉为至味。在广西一些地方，如果有人把你称作"狗肉朋友"，等于说你和他"好得穿一条裤子"。延边的冷面如果没有几片狗肉，就不算正宗。贵州贵定县的盘江镇有一条小街，挨挨挤挤排列着几十家狗肉馆，家家橱窗里展示着煮熟的狗肉。食客可随意指定部位，由店家切成薄片后，放入锅中涮煮，再蘸着特制的调料（当地人叫"蘸水"）食用，其味之美，实难述说。吃盘江狗肉，绝不可贪嘴，否则便会口舌生疮，排泄不畅。狗肉之大补，吃过才知道。

对于狗之被吃，不少中外爱狗人士极为气愤，认为此举过于野蛮，毫无狗道主义。其实，中国人并非见狗就吃。

李时珍在《本草纲目》中说得很清楚:"狗类甚多,其用有三:田犬长喙善猎,吠犬短喙善守,食犬体肥供馔。凡本草所用,皆食犬也。"也就是说,狗有一类是专供食用的,就像肉鸽、肉牛一样,不足为怪。一位朋友曾在一家法国银行供职,一次陪几个法国同事去深圳,对他们总是抨击中国人吃狗肉的言论实在有些烦,就在吃饭时要了一盘狗肉。同事吃罢连连叫好,再三询问是什么肉,他起初说是牛肉,最后才道出实情。法国人听后默然。次日吃饭时法国同事主动要求点菜,开口便叫:"就要昨天吃的'牛肉'。"由此可见,品尝美味是改变成见的最佳途径。

将狗视为亲密伴侣或是盘中美餐,都属于个体的自由选择,都应该充分尊重。当今世界,不需要也不该有"宋徽宗"瞎搅和。

涮肉寻源

　　数九时分，又到了京城吃涮肉的最佳季节。

　　涮肉与烤鸭、烤肉，被称为北京的三大名吃。据《清稗类钞》记载："京师冬日，酒家沽饮，案辄有一小釜，沃汤其中，炽火于下，盘置鸡鱼羊豕之肉片，俾客自投之，俟熟而食……以各物皆生切而为丝为片，故曰'生火锅'。"《清稗类钞》是清末民初的文人徐珂根据清人所写的各种笔记编纂的，由此可见，北京人吃涮肉，很有些年头了。

北京人过去挨着皇上住，尽管中间隔着好几道宫墙，谁也见不着谁，但别处毕竟还沾不上这个光，因此北京的吃喝常常爱挂点"皇"色，以显示与众不同。三大名吃之中，烤鸭据说是从清朝御膳房传出来的，烤肉的历史更可追溯到明朝，《酌中志》中便记载着宫里面"凡遇雪，则暖室赏梅，吃炙羊肉"。至于炙羊肉与今天的烤肉是不是一码事，却无人理会。涮肉的出身，当然也得有点说道。有人考证，当年乾隆爷的食单中便有火锅菜，他在位期间几次举办千叟宴，席间也有火锅涮羊肉。此论能否成立，值得怀疑。

清朝皇帝使用火锅确实不假。不过，其主要功能是冬天用于菜肴保温。例如，乾隆五十三年（1788）正月初九，皇上的晚膳中，就有燕窝苹果酒炖鸭子热锅一品（郑二官做）、鸭子火熏白菜热锅一品（沈二官做）、山药红白羹热锅一品（朱二官做）。可见，乾隆老爷子享用的火锅，里面已有御厨做好的菜肴，是与"生火锅"不同的"熟火锅"。

　　当年乾隆举办千叟宴时,也确实上过火锅。以乾隆五十年(1785)的千叟宴为例,王公和一、二品大臣以及外国使臣在一等桌入宴。每桌所设膳品为:火锅两个(银制、锡制各一),猪肉片一个,煺羊肉片一个,鹿尾烧鹿肉一盘,煺羊肉乌叉一盘,荤菜四碗,蒸食寿意一盘,炉食寿意一盘,螺蛳盒小菜两个,乌木箸两只。另备肉丝烫饭。次等席也有火锅两个,只不过是铜制的。这些火锅的功用也应该是为菜肴保温,而非涮肉,否则没必要端上两个火锅。

　　此次千叟宴的参加者有三千人,皇上掏出银子把这么多白胡子老头儿从各地召来撮上一顿,实在是大手笔。不过,对于七老八十的"叟"们来说,这顿饭吃得实在不易,除了要屡屡向皇上叩谢天恩,磨炼老胳膊老腿,还要跟老天爷比试一番。宴会举办的时间是正月,北京天寒地冻的时候,这些白胡子老头儿,只有少数离休高干可在房间中用餐,其余都在临时搭建的帐篷中享用皇上恩典。没有点儿热饭热菜,老叟们想平安返乡可就悬了。因此,火锅外带肉丝烫饭是必不可少的"急救药"。

　　清朝皇上是否吃过涮肉难以确定,但清末王府之中确乎是吃涮锅子的。睿亲王多尔衮的后人金寄水先生在《王府生活实录》一书中便明确记载,当年睿亲王府中,从冬至数九开始,每一个"九"的头一天,都要吃火锅,从一九直吃到九九。此外,九九的最后一天也要吃一次火锅,也就是说,九九八十一天中总共要吃十次火锅。数量不少。按规矩,头一次吃的火锅是涮羊肉,后面还有什么山鸡锅、白肉锅、海鲜锅、野味锅等,最后一次则是"一品锅"。此锅为纯锡所制,大而扁,盖上刻有"当朝一品"几个字,故而名为"一品锅"。这一品锅实际是一锅高级大杂烩,以鸽蛋、燕菜、鱼翅、海参为主,五颜六色,五味杂陈。但是,此锅不属涮肉系列。

　　单就涮羊肉而言,王府的吃法未必高过民间水平,其涮肉之汤倒是十分讲究,所用原料有烤鸭、生鸡片、蘑菇、虾米、干贝等,还要加入丸子和炉肉。炉肉是用烤炉烤出来的肥瘦相间的整块猪肉,因在烤制过程中脂油已经流走了一部分,故炉肉肥而不腻、瘦而不柴,切片后与白菜、豆腐等同煮,味道甚美。当时的烧鸭店都兼卖炉肉,可惜现在很少见到了。不过,王府涮肉所用的调料,仅有白酱油、酱豆腐、韭菜末,外加糖蒜。今天涮羊肉常用的芝麻酱、虾油、料酒、炸辣椒、韭菜花这些个作料,王府一概没有;同时也不涮白菜,只涮酸菜、粉丝。

金寄水先生回忆说:"在我童年时代,十岁以前,吃涮羊肉从未见过白菜,后来到'东来顺'吃饭,才见到那么些个作料,还涮白菜,吃烧饼,吃杂面,真是大开眼界。"金老先生生于民国初年,十岁后到东来顺尝鲜,应该是20世纪20年代中后期的事情。其时,北京已有"涮肉何处好,东来顺最佳"的说法。

东来顺涮羊肉之所以有名,一是羊肉好,二是刀工精,三是调料佳。涮肉要用内蒙古集宁产的小尾巴羊,而且是羯羊,即阉割过的公羊,因其没有膻味。一只羊以出肉四十斤左右为最好,其中能涮的只有大约四分之一。肉选好之后,还要剔去筋膜、碎骨等,用冰块冷冻、压实,然后以尺余长的快刀切成薄片。

切羊肉片很讲究技术。左手要五指并拢向前平放,手掌压紧肉块和上面的盖布,防止其滑动;右手持刀,紧贴着拇指关节下刀,如拉锯般来回切拉。刀切到肉的一半高度时,要将已切下的上半片,用刀刃一拨,把肉片折下,再继续切到底,使每片肉都成对折的两层。操刀高手,一斤肉可以切成八寸长的肉片八十片,码放在瓷盘中可以隐约看出盘面的花纹来。这就是功夫。

东来顺的调料也十分讲究。酱油要用夏天晒制黄酱时收集的铺淋酱油,还要加入适量的甘草、桂皮、冰糖炼制。腌制韭菜花时,要加入一定数量的酸梨,使之更加酸甜可口。腌制糖蒜用的大蒜,一定要用夏至前两三天起出的大六瓣蒜头,经过去皮、盐卤水泡、装坛倒坛、放气等工序,再用冰糖腌制,前后要三个月时间。当时东来顺的老板丁德山还开着两家酱园,故而有条件搞出这么多名堂。也正因为搞出了这么多名堂,东来顺才能名满京华。

不过,东来顺的涮羊肉并非京城第一家。清咸丰四年(1854)在前门外开业的饭馆正阳楼,早于东来顺羊肉馆创立(1914)之前,便开始经营涮羊肉了,所切出的羊肉片,"片薄如纸,无一不完整",颇受食客欢迎。《旧都文物略》对正阳楼厨师的切肉技艺也有记载:"切肉者为专门之技,传自山西人,其刀法快而薄,片方整。"在人们的印象中,山西人除善做面食外,烹饪水平总体不高,想不到,对北京的涮羊肉居然还有其一份贡献。后来,东来顺花了大价钱把正阳楼的切肉师傅挖了过来,并对涮羊肉进行多方改进,这才后来居上。

中国人之吃涮肉,起码有七八百年的历史。南宋林洪所著的《山家清供·拨霞供》对此便有描述:"向游武夷六曲,访止止师,遇雪天,得一兔,无庖人可制。师云:'山间只用薄批,酒、酱、椒料沃之。以风炉安座上,用水少半铫,候汤响一杯后,各分以箸,令自夹入汤摆熟,啖之乃随宜各以汁供。'因用其法,不独易行,且有团栾热暖之乐。"林洪还说,这种吃法"猪、羊皆可作"。从文中可以看出,"拨霞供"与今日之涮肉已十分相似,要把肉切得很薄,食客需自己用筷子将肉片放入滚水中摆弄几下,然后食之。唯一的差别是,当时的肉片要先用调料浸泡再涮食,现在的涮肉则是涮后再蘸调料食之。"拨霞供"如何演变为今日的涮羊肉,脉络还不是很清楚。

北京的涮羊肉最近二十来年也有不少变化,最突出的就是传统的手切羊肉片基本没了,满大街卖的都是机器加工产品。十多年前,红桥市场还在天坛墙根,一到冬天,诸多卖羊肉片的摊贩中便会出现一老师傅,身穿围裙,手持长刀,现切现卖。看着红白相间的肉片从利刃之下翻卷而出,实在是一种艺术享受。此景已多年不见矣。不过,机器代替人工切肉,毕竟是一种进步。过去,由于切肉师傅手指长时间接触冰冷的羊肉,往往会得关节炎,十分痛苦。

北京人过去吃涮羊肉要到冬至之后，主食讲究吃芝麻烧饼或者杂面。如今，很少有人还照章办事，多数人是想什么时候吃就什么时候吃，想怎么吃就怎么吃。饭馆也紧追这一潮流，不但一年四季供应涮肉，还把炸窝头片抹臭豆腐之类的北京土吃搬上了餐桌。中国人在吃喝上还是很有创造力的。

中国过去的一些大牌美食家，对于火锅颇不以为然。清代袁枚在《随园食单》中就明确提出"戒火锅"。他认为："冬日宴客，惯用火锅，对客喧腾，已属可厌。且各菜之味，有一定火候，宜文宜武，宜撤宜添，瞬息难差。今一例以火逼之，其味尚可问哉？"其实，袁枚所批评的并非涮肉，而是皇上的暖锅和王府的一品锅之类的杂烩。这些玩意儿才是一例以火逼之，毫无章法，而正经的涮羊肉其实是十分讲究火候的。

吃涮羊肉，讲究的就是一个"涮"字，要由食者自己将少量的肉片夹入火锅的沸汤中抖散，密切观察跟踪，当肉片由鲜红色变成灰白色,随即夹出放入配好的蘸料中,趁热食之。其操作的精细要求,绝不亚于宏观调控。尝与一外地来京人士共食涮羊肉,该人不解涮为何意,竟将一整盘羊肉一股脑推入火锅之中,把涮羊肉改革成了煮羊肉,其结果可想而知。涮肉之外的事情,如果也有人如此瞎招呼,麻烦就大了。

烤鸭辨踪

京城有三烤：烤鸭、烤肉、烤白薯。

三烤之中，烤鸭的名气最大。现如今，登长城、吃烤鸭、看京戏，已成北京旅游业的"三大件"。外地人、外国人到了煌煌古都，看不看戏尚在两可，若是不呼哧带喘登一次八达岭，不狼吞虎咽吃一顿全聚德，就如同到巴黎不入罗浮宫，去纽约不看自由女神像一样，等于白来一趟，简直无颜再见江东父老。受此影响，十多年前的国庆节期间，仅全聚德和平门一家店,一天就卖出了一万只烤鸭,切了一吨大葱。这几年,烤鸭的行市又得涨上一大截。

一万只烤鸭,过去足够全聚德卖上整整一年。北京没解放的时候,前门的全聚德老店一天若能卖出三百只烤鸭,就算财星高照了,老板伙计全都乐得屁颠儿屁颠儿的。

烤鸭名气虽大,但在三烤中的辈分却不高。直到民国时,京城居民大都还将烤鸭称为"烧鸭",后来才改了口。据《清稗类钞·京师食品》记载:"填鸭之法,南中不传。其制法有汤鸭爬鸭之别,而尤以烧鸭为最,以利刃割其皮,小如钱,而绝不黏肉。"

从这段文字可以看出,烧鸭即现在的烤鸭,两者都是要片开吃的。《清稗类钞》由文人徐珂根据清代笔记小说的有关记叙分类编纂而成。此书汇集了不少珍贵资料,但因徐珂从不注明原创者为何人,后人很难判定书中所叙之事的时代背景,实乃一大缺憾。

日前翻检杂书,居然在《北京风俗杂咏》一书中发现了这条资料的出处,是严辰的《忆京都词》之五,原词为:"忆京都,填鸭冠寰中。烂煮登盘肥且美,加之炮烙制尤工。此间亦有呼名鸭,骨瘦如柴空打杀。"词后有作者的注释:"京都填鸭其制法有汤鸭爬鸭之别,而尤以烧鸭为最。其片法以利刀割其皮小如钱而绝不黏肉。"与《清稗类钞》中的文字相差无几。

严辰,字淄生,浙江桐乡县(今桐乡市)青镇人。青镇即今天的乌镇,是与周庄齐名的江南旅游景点,还出过不少名人,今人最熟悉的就是茅盾先生了。严辰在清咸丰九年(1859)考中进士,之后入翰林院做庶吉士,也就是进修生,同治元年(1862)散馆即进修结束后,被分发到刑部担任六品主事,也算是正常使用。不过,严主事似无官瘾,没多久就辞职回乡了。从同治三年(1864)起,他在家乡办赈济、建书院、修桥补路、编撰县志,名声甚佳,直到光绪十九年(1893)才去世。

这个严淄生有点怪,生长在鱼米之乡,在京城没住过几年，对此处饮馔却多有褒扬。他的十一首《忆京都词》，比现在的美食推介还能忽悠，而且不拿好处费。不只烧鸭，春蔬、螃蟹、冰果、涮肉、桶鸡和各种水果，样样都是京城好，自己家乡的忒不行。这到底是由衷之言，还是想借此告诉本地那些不知紫禁城大门朝哪儿开的土财主，严某人可是见过大场面的，说不清。

不过，有一点说得清，严辰当年在北京见过或吃过的烧鸭，与全聚德绝对没有关联。因为这家店铺在同治三年创办时，严主事已然辞官回乡，到乌镇写他的京城饮食赞美诗去了。全聚德尽管如今也是百年老店了，但当年在京城烤鸭店中还是后来者。全聚德创业之初，只是家不成样子的小饭铺，仅能供应烤鸭和烤炉肉等几样东西，就连配烤鸭的荷叶饼和小烧饼，顾客若要吃，还得派小伙计到左近的切面铺或是烧饼摊现买。此后，经过创业者杨全仁的苦心经营，又请来了曾在清宫御膳房主管烧烤的孙师傅来店掌管挂炉烤鸭，全聚德的生意这才蒸蒸日上，最后终于坐上京城烤鸭店的头把交椅。

现如今，市面上流行的"御膳"，大多于史无征，属于瞎扯淡一类，但烤鸭却绝非假冒产品，正经在宫里转悠过好些年。明代刘若愚在《酌中志》中记载宫中饮食风尚时便说过，正月十五前后，来自外地的吃食有冬笋、银鱼、鸽蛋、麻辣活兔、塞外之黄鼠、半翅鹑鸡等众多花样，"本地则烧鹅、鸡、鸭、猪肉，冷片羊尾，爆炒羊肚，猪灌肠，大小套肠，带油腰子，羊双肠，猪膂肉，黄颡管儿，脆团子，烧笋鹅，醡腌鹅、鸡、鸭，炸鱼，柳蒸煎燻鱼，炸铁脚雀，卤煮鹌鹑，鸡醢汤，米烂汤，八宝攒汤，羊肉、猪肉包，枣泥卷，糊油蒸饼，乳饼，奶皮，烩羊头，糟腌猪蹄、尾、耳、舌，鸡肫掌"。刘若愚是个太监，伺候过万历、天启、崇祯三朝皇帝，因此他的记叙还是比较可信的。由此可见，烧鸭当时已经列入宫中食谱。

明代宫中的烧鸭，是否就是后来的烤鸭，还不太好说，因为未注明吃法。但清宫御膳中，则已明确开列出了"挂炉鸭子"。光绪七年(1881)正月十五日,皇上在养心殿用早晚两餐时,膳单上都有"片盘二品:挂炉鸭子一品、挂炉猪一品"的记录。鸭子挂在炉中烹制,且与烤猪并列,不是烤鸭是什么?这两样片盘,排在锅烧鸭子、口蘑肥鸡、鸡丝煨鱼翅等热菜之后,苹果馒头、白糖油糕等点心之前,应该属于冷荤之类。

更早一些年,乾隆皇帝下江南时,挂炉鸭子已然是重要随员。根据《江南节次照常膳底档》记载,乾隆三十年(1765)正月十八日皇上在涿州行宫用早膳时,餐桌上便有"皇太后赐炒鸡大炒肉炖酸菜热锅一品、燕窝锅烧鸭子一品、猪肉馅侉包子一品"。此外还有"燕窝肥鸡挂炉鸭子野意热锅一品、厢子豆腐一品、羊肉片一品、羊乌叉烧羊肚攒盘一品、竹节卷小馒首一品、烤祭神糕一品、银葵花盒小菜一品、银碟小菜一品"。这么多花样,乾隆还嫌不够,又叫人另做了一碗鸭丝肉丝粳米面膳和一碗鸭子豆腐汤,但愿皇上没撑着。

需要指出的是,尽管烧鸭在皇上的餐桌上早就有一号,却一直没当过主角。乾隆所吃的挂炉鸭子,常常与燕窝、肥鸡、冬笋等同烩,顶不济也得弄棵大白菜陪衬陪衬,这与烤鸭日后的地位差远了去啦。在民间,烤鸭其时也属于芸芸众生,并不起眼。其吃法也相当简单。据梁章钜《归田琐记》记载,嘉庆年间曾任礼部尚书的达椿,由于敛财乏术,堂堂正部级竟然落到喜吃肉却经常没钱买的地步,只能找准机会猛吃一顿过过瘾。当时,"都城风俗,亲戚寿日,必以烧鸭烧豚相馈遗。宗伯(即礼部尚书的雅称)每生日,馈者颇多。是日但取烧鸭切为方块,置大盘中,宴坐,以手攫啖,为之一快"。堂堂正部级,吃起烤鸭也不过"以手攫啖",余者可想而知。

烤鸭还有其他简单吃法。早年间,北京大宅门立春时讲究吃春饼,面酱、葱丝之外,还要裹卷酱肘子丝、酱肘花丝、小肚丝、熏鸡丝、烧鸭丝、咸肉丝、熏肉丝、叉烧肉丝、火腿丝、香肠丝、烹掐菜、炒韭黄等,烧鸭丝此时只是这七七八八的丝中的一员,排名还较靠后。大家彼此彼此,谁也不是核心。这些熟肉全都购自商铺,由店家装在圆形木盒中送上门来,俗称"盒子菜"。京城现今最老的烤鸭店便宜坊,当年就是靠卖盒子菜起家的,后来食风渐变,烤鸭吃香,这才改变经营方向,专售烤鸭。至于全聚德,更是看到便宜坊烤鸭生意兴隆,才杀入这一市场的。

第一个把烤鸭从盒子菜中选拔出来的人,实在高明。非如此,烤鸭难有今日大行天下享誉全球之地位。说起来,吃烤鸭与吃春饼在形式上并无太大区别,都离不开薄饼加面酱、葱丝,所不同的是一专裹烤鸭,一兼收并蓄。舍弃诸味而突出一品,遂使烤鸭皮脆、肉嫩、香酥、细腻等诸多特点充分显露出来,最终占尽风情,傲视同侪。窃以为,首倡烤鸭单吃者,应为美食大家兼官场老手。非美食大家,难以发掘烤鸭种种内在优秀品质;唯官场老手,才熟谙"多中心即无中心"之道理,将其从政坛移植到烹坛,使烤鸭脱颖而出。自古以来,中国人便认为做饭与做官有相通之处,治大国若烹小鲜是也。

第一个把烤鸭单拎出来吃的人,还得有点改革意识。若只是亦步亦趋照着皇上的样子吃烧鸭,来一碗汤汤水水的大杂烩,其味道虽然也不错,但毕竟比不得烤出的鸭子直接入口来得痛快过瘾。所幸,对于烧鸭吃法之类的改革,即便冲撞了最高当局,也很少获罪。大概是最高当局觉得这等犯上并非作乱,于大局无大碍,搞成了还可坐享领导高明之美誉。因此,当时搞戊戌变法的谭嗣同等人掉了脑袋,而搞烧鸭变法的却没听说遭遇什么凶险。

烤鸭的中心地位确立之后,各种鸭菜也随之衍生开来。以全聚德为例,芥末鸭掌、酱鸭膀、盐水鸭肝、糟熘鸭三白等都很可吃,火燎鸭心更是独具特色,这道菜必须在鸭心中加入茅台酒,大火热油烹制,味道才佳。一些小铺为降低成本,往往用别的白酒替代茅台,那就差远了。若无菜品创新,全聚德也难有今天之地位。

有人以为,吃烤鸭的最佳方法就是吃烤鸭,不能再点别的菜肴。如此才能清心净口,摒除杂味,品尝出烤鸭的独特馨香。这等吃法偶一为之无妨,但顿顿如此就得倒胃口。中国人吃饭,讲究个主次搭配,五味杂陈,总由一菜霸占餐桌,即便是顶级美味,也未免招人烦。

主张罢黜百味独尊烤鸭者,自可划出空间,由他自拉自唱,若是将其擢拔到领导身边出谋划策,就有些麻烦了。照此办理,准得砸锅。

螃蟹味寻

　　西风响,蟹脚痒;菊花开,闻蟹来。天气转凉,又到了吃螃蟹的时候。

　　中国的美食家,对于螃蟹多有偏爱。明末的张岱便明确指出:"食品不加盐醋而五味全者,为蚶,为河蟹。"在《陶庵梦忆》中,张宗子还有专文摹写食蟹之状:"一到十月,余与友人兄弟辈立蟹会,期于午后至,煮蟹食之,人六只,恐冷腥,迭番煮之。从以肥腊鸭、牛乳酪。醉蚶如琥珀,以鸭汁煮白菜如玉版。果蔬以谢橘,以风栗,以风菱。饮以玉壶冰,蔬以兵坑笋,饭以新余杭白,漱以兰雪茶。飂今思之,真如天厨仙供！酒醉饭饱,惭愧惭愧。"这等精致吃食,确实值得一书;这等美文,也确实值得一读。

再往前,还有人因嗜蟹而成就大名。东晋时有个毕卓,官做得不大,最高也就相当于省政府秘书长,地厅级,酒却喝得挺多。他在吏部任职时,看到邻居家的好酒酿成,便趁夜前去盗饮,被当场拿住,直到天明主人视察现场才发现:"啊呀,原来是毕吏部！快快松绑！"接着,主人拿出好酒与他对饮,直至大醉。这个毕卓有句名言:"得酒满数百斛船,四时甘味置两头,右手持酒杯,左手持蟹螯,拍浮酒船中,便足了一生矣。"这样一个人,把喝酒吃螃蟹作为最高追求,在《晋书》中居然有传。可能史官觉得,懂得品尝螃蟹美味的人,毕竟还有些可爱之处。再者,毕卓不过是做个白日梦,惦记着喝点好酒,吃俩螃蟹钳子,并没有为此而巧取豪夺,比那些为满足口腹之欲而横征暴敛的人要强许多。

　　毕卓身居江南，因而视螃蟹为至味，当时的北人对于南人之嗜蟹却颇不以为然。《洛阳伽蓝记》曾记载了这样一件事：南朝梁武帝萧衍派遣大臣陈庆之到北魏办事，一次喝酒时陈庆之对北魏说了一些不甚恭敬的话，被北魏的中大夫杨元慎申斥了一顿。几天后陈庆之突发疾病，心痛不已，医药罔效。杨元慎自称能施法禳解，驱除鬼魅，但见他一口水喷向陈庆之的面庞，口中念念有词："吴人之鬼，住居建康。小作冠帽，短制衣裳。自呼阿侬，语则阿傍。菰稗为饭，茗饮作浆，呷啜莼羹，唼嗍蟹黄。手把豆蔻，口嚼槟榔。乍至中土，思忆本乡。急手速去，还尔丹阳。"受此一番奚落，庆之伏枕曰："杨君，见辱深矣。"从此再不敢胡言乱语。"嗍"是吮吸，"唼"是吧唧嘴的声音，以之形容吃蟹黄的情景倒是蛮传神的。可见，当时北人对南人吃大米、喝茶、食螃蟹的习俗十分不屑。直至隋唐，情况才有了改变。

据《清异录》记载："炀帝幸江都，吴中贡糟蟹、糖蟹。每进御，则上旋洁拭壳面，以金缕龙凤花云贴其上。"螃蟹和皇上套近乎，地位已经相当显赫。吃个螃蟹还要如此包装，隋炀帝杨广实在不愧为天字第一号吃货。

《清异录》还记录了一句名言，说是五代时的后汉高祖刘知远的小儿子、右卫大将军刘承勋喜食螃蟹，而且只吃母螃蟹（圆脐）的蟹黄。亲友中有人教导他说，这种吃法不正宗，古人最看重的是公蟹的两个螯。刘承勋答曰："十万白八，敌一个黄大不得。"白八指的是公蟹的脚爪，因为蟹有八足，其肉色白。小刘的"行政级别"虽然不及老杨，但是对于螃蟹的鉴赏力要高出许多。因为杨广只会在螃蟹壳上玩花活儿，全然不知其味。

北宋时皇宫中也有螃蟹需求。据《东京梦华录》记载："东华门外市井最盛，盖禁中买卖在此。凡饮食，时新花果、鱼虾鳖蟹、鹑兔脯腊、金玉珍玩、衣着，无非天下之奇。其品味若数十分，客要一二十味下酒，随索，目下便有之。"

宋朝皇帝祖籍河北涿州，是地地道道的北方人。老赵一家也要食蟹，可见此风此时已然北渐。

中国人常吃的螃蟹多为河蟹，学名中华绒螯蟹，南北各处均有佳品。苏沪一带最推崇阳澄湖大闸蟹，其特征是青背、白肚，爪毛呈金黄或是咖啡色。此外，洪泽湖、高邮湖等处河蟹也属上品。地处洪泽湖畔的江苏泗洪县，这几年每年秋天都要举办螃蟹节，捎带评选蟹王、蟹后。一般的螃蟹能有三两重就算很不错了，而此地在2005年评出的蟹王重达530克，蟹后415克。乖乖！

北京过去看重天津胜芳镇的大螃蟹，而且讲究到前门外的正阳楼饭庄尝鲜。正阳楼的老板孙学仕在清末民初时当过北京商会会长，与军政两界要人多有联系，袁世凯、黎元洪、段祺瑞等人经常在此设宴待客，故其地位非一般饭馆所能比。当时，贩运到北京的螃蟹，必须等正阳楼挑走上等货，剩下的才能趸售给其他饭馆或是鱼床子。这似乎有些垄断经营的味道。

正阳楼购得螃蟹后，还要派专人每天饲喂新鲜高粱米。数日之后，待到这些螃蟹更加肥硕，身上的河腥味减却，才将其一一用清水洗净，将螯足用草绳捆紧，放入笼中大火蒸熟。由于螃蟹性寒，入笼蒸时还要放入几大块生姜。为了方便宾客食蟹，正阳楼还准备了小锤子、小砧板、小镊子等一应工具。螃蟹吃完之后，饭馆伙计旋即捧上一小铜盆泡有茶叶、菊花的温水，供客人洗去手上的蟹腥。这等周到服务，显然比当今只会吃垄断饭者强上许多。

螃蟹自身五味俱全，因而最宜蒸煮之后直接剥食。明代宫中吃螃蟹，就是这个法子。

据万历、天启时的太监刘若愚所著的《酌中志》记载，宫中八月"始造新酒。蟹始肥。凡宫眷、内臣吃蟹，活洗净蒸熟，五六成群，攒坐共食，嬉嬉笑笑。自揭脐盖，细将指甲挑剔，蘸醋蒜以佐酒，或剔蟹胸骨八路完整如蝴蝶式者，以示巧焉。食毕，饮苏叶汤，用苏叶等件洗手，为盛会也"。

待到满人入关，朝代更迭，老爱家取代老朱家坐上了金銮殿,律令要重写,朝臣须换班,可这宫中食蟹之方却是照单全收,还要传诸子孙。据清初睿亲王的后裔金寄水回忆,当年王府的内眷们,每逢秋高蟹肥,便要互相请客。食蟹之方也只是整蒸剥食,而且不得借助仆人之力,主客一律自己动手,边吃边聊。同时还要比赛,看谁吃得又快又干净。输者则要出资,请大家听京戏。看来,《红楼梦》第三十八回所写的贾府持螯赏桂盛会,确实有所依据,只不过比真实生活更精彩罢了。

食蟹当然不止整蒸整煮一法。南宋林洪《山家清供》中便有"蟹酿橙"之方:"橙用黄熟大者,截顶,剜去瓤,留少液,以蟹膏肉实其内,仍以带枝顶覆之,入小甑,用酒、醋、水蒸熟。用醋、盐供食,香而鲜,使人有新酒、菊花、香橙、螃蟹之兴。"至今,浙江菜中仍有橙蟹同食之法。

作家赵大年的舅母幼时在扬州当过丫鬟,擅剥蟹肉,后来被赵的大舅买回做偏房。一次,大舅做寿,此舅母花了一天一夜时间,剥了一篓生蟹,然后配以姜粉、醋精、葡萄酒、蛋清、蛋黄，硬是"粘"出了十只肥美的无壳全黄整蟹来。上屉蒸过一遍之后，再用紫菜剪成壳、螯、腿形，以蛋黄粘于表面，涂油蒸第二遍。如此，螃蟹便可带"壳"大嚼了。这等吃法，今天的大款很难享受到，偏房是不能娶的，"小蜜"、二奶则没有这般情致与技艺。

不过，美食家们对烹蟹添油加醋的做法是不以为然甚至深恶痛绝的。清代文人李渔（号笠翁）便认为："世间好物，利在孤行。蟹之鲜而肥，甘而腻，白似玉而黄似金，已造色、香、味三者之至极，更无一物可以上之。和以他味者，犹之以爝火助日，掬水益河，冀其有裨也，不亦难乎？"

李笠翁先生如果再世，准会气得哑口无言。如今人们食蟹，不但要"和以他味"，而且"无所不至"，咸蛋黄、XO（指上乘的白兰地），都可用来烹蟹，其中登峰造极者，当数香辣蟹。以麻辣之味入蟹，在美食家们看来，简直为暴殄天物，纯属左道旁门。但是，寻常人等却不理会这套理论，看看满街生意兴隆的香辣蟹馆儿，就会知道老百姓的嘴巴究竟拥护什么。从独尊蟹螯，到以黄为大，到橙蟹同烹，再到追逐香辣，贯穿其中的，其实是不断探索客观世界真谛的创新精神。舍此，中国之"世界饮食王国"美誉也就无从谈起。

中国人视为美味的螃蟹，到了外国则有另外一番际遇。距德国首都柏林百余公里处有一湖泊，螃蟹多得成了灾，经常划破渔民的渔网。尽管渔民将捕获的螃蟹悉数送入粉碎机制成肥料，但仍难以抑制其蔓延之势，无奈之下，只好在报上刊登图片，征求消灾解厄之方。旅居当地的中国人一看，原来是中国河蟹！遂以一马克一公斤的价格购回，大快朵颐。一马克一公斤，一斤还不到人民币两元。此事传开之后，德国及周边国家的中国人纷纷来此买蟹尝鲜，一下把蟹价抬到了五马克一公斤，但还是便宜。一上海籍同事在德国当了四年驻外记者，自称四年间所吃大闸蟹比在国内四十年吃的还要多。经过众多中国人的嘴巴相助，此处蟹灾总算有所缓解。

中国的河蟹，怎么会漂洋过海到了德国？偶翻书籍才知道，1872年，蟹瘟疫使德国的河蟹灭绝。1905年，中华绒螯蟹传入德国，并泛滥成灾。此事载于德国维尔纳·施泰因所著《人类文明编年纪事（经济和生活分册）》。有专家介绍说，当年德国商船运货到中国，回程装载压舱水时，将江河中的蟹苗捎带回了德国，从而造成了这场麻烦。看来，德国人虽然办事认真精细，但对付螃蟹的本事还差点事儿，不知从根本上解决问题。海蟹，西方人还是吃的，主要吃两只蟹螯中的肉，应该属于初级阶段，但是对付河蟹这类壳多肉少的物件似乎缺少办法，最后还要靠中国人的嘴巴来维持生态平衡。

中国人为什么要吃螃蟹这种样子很怪的东西？最直截的答案当然是好吃。林语堂先生便说过："凡地球上能吃的东西我们都吃。出于爱好，我们吃螃蟹；出于必要，我们又常吃草根。"但是，螃蟹好吃，是吃过之后的结论，而非吃之前的动机。中国人最初吃螃蟹，应该另有原因。

　　稍加对照便可明了，中国食蟹之风最盛的地区与种植水稻最早的地区大致相当，都在江浙一带。而螃蟹又是个食稻伤农的东西，直到元朝，江苏一带还有"蟹厄"的记载："吴中蟹厄如蝗，平田皆满，稻谷荡尽，吴谚有蟹荒蟹乱之说，正谓此也。"螃蟹多时，会像蝗虫一样给稻谷带来毁灭之灾。农民对此焉能不恨哉？恨到了极点，只好去吃。古人对一个人万分憎恨时，不是要"食其肉，寝其皮"吗？对待同类尚且如此，何况螃蟹乎？《红楼梦》中薛宝钗的《螃蟹咏》说得明白："于今落釜成何益，月浦空余禾黍香。"吃掉螃蟹，才能保住庄稼，这实在是很浅显的道理。

　　如果有人撰写中国烹饪史，恐怕应该添上一条——憎恨出美食。

豆腐的贵与贱

豆腐的出身似乎很高贵。

李时珍在《本草纲目》中对此言之凿凿："豆腐之法，始于汉淮南王刘安。凡黑豆、黄豆及白豆、泥豆、豌豆、绿豆之类，皆可为之。造法：水浸硙碎，滤去滓，煎成，以盐卤汁或山矾叶或酸浆、醋淀就釜收之。又有入缸内，以石膏末收者。大抵得咸、苦、酸、辛之物，皆可收敛尔。其面上凝结者，揭取晾干，名豆腐皮，入馔甚佳也。"

刘安是汉高祖刘邦的孙子,据说此人总想长生不老,为此罗致了不少方士一起炼丹制药,瞎鼓捣。后代有人据此认为,这些方士虽然肯定炼不成灵丹妙药,但因经常要拿各种物料胡乱折腾,阴差阳错,鼓捣出个豆腐来还是可能的。这种推理虽然说得过去,但毕竟只是推理而已,并无确凿证据。从两汉直到隋唐,各种文字资料中均未见到关于豆腐的记载,包括诗词歌赋。这就有些问题了。中国的文人有一特点,就是但凡吃上些稀罕东西,便会按捺不住哼哼,展示才艺,连李白、杜甫这样的顶尖高手也都有此嗜好。豆腐这等具有自主核心知识产权的重大发明,照理说绝难逃过这些人的哼哼,然而并没有。因此,豆腐之历史悠久之出身高贵,实在大可怀疑。

从豆腐的制作工艺看,刘安生活的西汉初年也未必具备相应的硬件设施。李时珍虽然不是卖豆腐的,但是对其制作程序的描述却十分精确。做豆腐,先要把大豆放入温水中泡涨,然后用清水洗净,将其磨成糊状。之后,将一团糊涂不成体统的大豆放入粗布袋中,用力反复搓揉,把液体尽量挤出,这就是生豆浆了。留在袋中的残余物则是豆渣,大都用来喂猪。生浆还要放入大锅里煮,开锅后舀入水缸等容器中,然后点些盐卤或石膏等凝固剂,静置数十分钟后,豆浆就凝结成形了。不过,这时的豆腐含水量很高,四川称之为豆花,北京叫"老豆腐"(这个名称很怪,应该叫"嫩豆腐"才是),虽然口感不错,但是不便售卖和保存。因此,一般还要把这类未成年豆腐从容器中取出,放入铺着粗布的木箱或笼屉中,将布的四角兜起盖住豆腐,然后用木锅盖之类的重物压在上面,将多余水分慢慢压出,使之密实,如此,豆腐制作才算大功告成。

过去,做豆腐全靠人工,又热又累,因而民间流传着这样的俗语:"世上三样苦,摇船、打铁、磨豆腐。"这等世上最苦之活,高高在上的刘安和他豢养的那些方士如何肯做?即便这些人为了长生不老,下定决心操练一回,估计还是做不成豆腐。因为做豆腐必须先制浆,制浆须有好磨。只有把大豆磨细，才能使其中的蛋白质充分溶出，成为豆浆。专家认为，中国的石磨进入比较精良的阶段是在西汉末年，此后以面粉制作的各种饼食才逐渐风行开来。在尚无像样石磨的时代，大豆磨碎后未必能出豆浆，大约只能直接喂猪。

尽管刘安发明豆腐的说法并不可信，但人们至今对此仍津津乐道。这其实也正常。中国人多有尊上崇古心理，一件泽及众生的好事，总要找个有头有脸的人领衔才好，不能是张三、李四、王二麻子这样的凡俗之辈，如此才觉得有说道，够分量。至于该有头有脸者德行如何，是否弱智，则不在考查之列。像刘安，除了喜欢舞文弄墨，找人攒过几本炼丹书自己当主编，并无突出政绩和过人才智。他多年想谋反篡位，却犹犹豫豫不敢行动，最后被人告发，自杀身亡。这样一个人，居然成了豆腐始祖，真叫人替豆腐及其真正的发明人冤得慌。此等风气，至今犹存。

刘安发明豆腐的说法，明代之前已有之。南宋朱熹就曾赋有《豆腐》诗："种豆豆苗稀，力竭心已腐；早知淮王术，安坐获泉布。"由此看来，朱老夫子是认可"刘安鼓捣豆腐说"的，而且对此十分羡慕，认为掌握了其方法，便可稳坐家中赚大钱。诗中的"泉"和"布"，指的都是古代货币。据说朱熹想学做豆腐，只是为了改善他人伙食，外带赚点零花钱，自己则是不吃的。因为他老人家一直潜心格物致知，凡事都要整个明明白白才算罢休，但是格来格去，还是搞不清为什么一斤黄豆能做出好几斤豆腐来，觉得不合常理，因此索性不吃。这样也好，免得他在日后配享孔圣人时吃不着豆腐发馋。因为豆腐的发明权稀里糊涂归了刘安，而刘安在世时一直攻击儒学是"俗世之学"，因此以后孔庙在祭祀时绝不用豆腐，怕噎着圣人。

现知有关豆腐的最早文字记载，见于宋初陶榖所著的《清异录》："时戢为青阳丞，洁己勤民，肉味不给，日市豆腐数个，邑人呼豆腐为'小宰羊'。"时戢后来是否高升，高升之后还吃不吃豆腐，不详，因史料中无此记载。但是从这条笔记可以看出，当时豆腐已成荤腥的廉价替代物，因此应市数量当不会太少。宋代关于豆腐的文字资料渐渐增多，也可证明这一点。宋代的豆腐有许多别号，如乳脂、犁祁、黎祁、盐酪等等，苏轼、沈括、陆游、杨万里等人都在诗文中提到过豆腐。

东坡先生是个很有意思的文人，虽然仕途蹭蹬，但生活情趣依然浓厚，熬粥、烧肉样样在行，对于烹制豆腐也有切身体会，说是"豆油煎豆腐，有味"。关于豆腐的起源，他也自有见解，认为"古来百巧出穷人，搜罗假合乱天真"，根本没刘安什么事。可惜的是，他老先生生不逢时，若是活到现在，文笔既好，又懂得"群众是真正的英雄"这等道理，准能成为重点提拔对象，管管文艺宣传或是给领导起草个讲话稿，绝不成问题。至于提拔之后是否还能写出"大江东去"之类的作品，则另当别论。

虽说官运不济，但是东坡先生名气不小，随便整点吃喝也被人格外看重。南宋林洪撰写的《山家清供》中，已载有"东坡豆腐"制法:"豆腐,葱油煎,用研榧子一二十枚和酱料同煮。又方,纯以酒煮。俱有益也。"书中还有一道"雪霞羹":"采芙蓉花,去心、蒂,汤焯之,同豆腐煮。红白交错,恍如雪霁之霞,名雪霞羹。加胡椒、姜,亦可也。"这似乎比纯以酒煮的东坡豆腐更有些意思,但今日未见有人仿制,大约因创制者名气不够,缺少卖点。

豆腐自问世以来,多出现在普通人家餐桌,因此有"贵人吃贵物,穷人吃豆腐"这样一句俗话。穷人吃豆腐,当然是因为它便宜,同时也因为豆腐做法多样,可荤可素,可烧可煮,百吃不腻。实在嫌麻烦了,买上一块刚出锅的热豆腐,蘸以白盐,一样好吃。如果以青芥和生抽为蘸料,更佳。如今大家都不能算吃糠咽菜的穷人了,豆腐却照吃不误,原因就在于此。

其实,过去的贵人也要吃吃豆腐清清肠胃,不然脑满肠肥弄出个"三高"来,贵物也吃不长。豆腐自问世后,也曾受到一些身居高位者的垂青,只是人数有限。清代康熙年间曾做过江苏巡抚、礼部尚书的汤斌，就是其中一个。汤大人尽管官做得不小，为人处世却很低调，倡导"克己无欲"，日常生活只是"茹粗服素"，还常常在官衙的空地上挖荠菜吃，实在有失官威。他当江苏巡抚时，儿子从河南老家来，要仆人给买只鸡吃。汤斌闻知大怒，说你老子自打到江苏任职还没吃过鸡，你初来乍到就敢开这个口，此地的鸡可是比河南贵多了。你若想吃鸡，干脆回老家算了。训斥之后，汤老子还责令汤公子跪在院中诵读《朱子家训》，这才罢了。堂堂江苏一把手，居然连一只鸡都舍不得吃，这官未免当得太没滋味了。由此汤斌荣获了诸多绰号，有"豆腐汤"，还有"清汤"，颇为贴切。若是这等官员能像豆腐汤一样普遍，大清国的下场可能就不一样了。

有时候一等一的大贵人，也会借豆腐做做文章。康熙年间也当过江苏巡抚的宋荦，就被圣祖下诏赐过豆腐。晚清时陈康祺的笔记《郎潜纪闻二笔》中记过此事，当年康熙南巡时曾传旨宋荦："朕有日用豆腐一品，与寻常不同，因巡抚是有年纪的人,可令御厨太监,传授与巡抚厨子,为后半世受用。"获得御赐豆腐之殊荣的,还有其时当过刑部尚书的徐乾学(号健庵),据说他奉旨到御膳房领取豆腐方时,还被御厨敲去了一千两银子。后来徐健庵将此豆腐方传给门生王楼村,又被袁枚在王氏后代王孟亭太守家中吃到,在《随园食单》中哼哼了一通,这才让后人知悉此事。徐乾学是康熙倚重的词臣,退休时皇上特赐"光焰万丈"的榜额,因此顺便赏他一道豆腐吃也有可能。徐乾学致仕是在康熙二十九年(1690),而宋荦当上江苏巡抚是在康熙三十一年,接驾更在其后数年。论起来,徐健庵所获御赐豆腐还是原装。

皇帝御赐的豆腐,该是豆腐中的极品了。《随园食单》中有此制作工艺:"用嫩片切粉碎,加香蕈屑、蘑菇屑、松子仁屑、瓜子仁屑、鸡屑、火腿屑,同入浓汁中,炒滚起锅。用腐脑亦可。用瓢不用箸。"不过,袁枚却将此豆腐更名为"王太守八宝豆腐",也许是觉着皇上吃的豆腐其实未必有这么精致。这一点,倒是有清宫档案可为佐证。清高宗弘历第四次下江南时,乾隆三十年(1765)二月十五日的两顿御膳上,先后有菠菜鸡丝豆腐汤二品和肥鸡徽州豆腐一品。这些豆腐菜并非出自御厨,而是接驾的苏州织造普福的家厨之手艺。乾隆皇帝用毕龙颜大悦,特地关照赏赐给这些外厨"每人一两重的银锞二个",并把"徽州豆腐"赏给皇后品尝。可见,当时江南的豆腐滋味要远胜于宫中,极品豆腐未必就是真正的极品,不过是占了个名分而已。

豆腐之外的极品,亦应作如是观。

豆腐西行记

　　说来凑巧，在中国人庆贺百年奥运梦终于实现的时刻，中国豆腐走向欧洲也正好一百年。虽然现在人们对此没有什么感觉，但是在当年，这可是破天荒的事情。要知道，近代中国第一个在海外投资设立的工厂，就是豆腐厂；而第一批有组织的劳务输出，则是做豆腐的农民。就连孙中山先生在著名的《建国方略》中，对于此事都给予了充分肯定。

在欧洲办厂做豆腐的第一人,叫李煜瀛,人们对于他后来用的名字可能更为熟悉,就是李石曾。他曾与蔡元培、吴稚晖、张静江并称国民党四大元老,彼此关系很好,且都在法国待过。李石曾的家世可谓显赫,其父为清末的军机大臣、协办大学士李鸿藻,从一品大员,早年间还当过同治皇帝的老师。据说李鸿藻属于政治观点比较保守的清流派,往往与李鸿章等洋务派意见相左。其实,李鸿藻也有开明的一面,他曾经亲自出面,将门生齐禊亭的大儿子齐竺山介绍到同文馆学习,并对他说攻读八股文已然不合时宜。同文馆是朝廷为办理洋务而设立的机构,专事培养外语人才。李、齐两人是同乡兼亲戚,齐禊亭又是由李鸿藻和另一个清流派领袖翁同龢录取的进士,后来还成了李石曾的老师,两家关系非同一般。因此,李鸿藻所说的应该是心里话而非官场语言。以后齐氏兄弟中的老二齐如山、老三齐寿山也都进了同文馆,学习德语和法语。三人通过刻苦学习,后来都十分有出息,齐寿山还和鲁迅先生一道翻译过德国文学作品。

　　据齐如山先生回忆,这个官办的同文馆,待遇之优厚可谓中外罕有。学生食宿全部免费,一入学每月就有三两银子的"膏火",即零花钱,学习成绩好者还可增加。吃饭时六人一桌,每桌标准六两白银,菜肴有六大盘、八大碗,冬天还有一个大火锅,各种羊肉片、鱼片、肝片及鸡蛋、冻豆腐等等,应有尽有,随便吃。据专家考证,当时一两白银的购买力大致相当于现在的一百元人民币,而一个七品京官一年的俸银不过四十五两。对比之下便可知道,为了培养洋务人才,朝廷可真是下了血本。不过,由于学生多为八旗子弟,不肯好好学习,馆中的"教习"也是混饭的居多,学问有限,加之又没有严格的管理制度,许多学生除了上餐桌和领膏火,很少在课堂上露面,因而同文馆培养出的,大部分只是酒囊饭袋。像齐氏三兄弟这样的一心向学者,实属凤毛麟角。有的人学了十来年俄语,在考核中竟然连字母也只能认识一半。负责考核的军机处为此十分恼火,专门发文对同文馆及其领导部门总理各国事务衙门予以申饬,说是这些人学了十多年洋文居然连字母都认不全,"殊属不成事体"。这其实也是没有办法的事情。凡事一沾"官"字,往往不成事体,哪怕出发点再好,哪怕是花了大把银子。

李石曾也许知道同文馆的这些故事,因而决定到海外学点真本事,在 1902 年去了法国。当时朝廷对一般人出国控制甚严,于是他动用家庭关系,在驻法公使孙宝琦的出国团队中挂名当了一名随员,一到法国便开溜儿进了学堂,用现在的话说,属于"滞留不归"人员。不过这一滞留,让他真正学到了不少现代科学知识。李石曾先是在蒙塔日(Montargis)的协奴瓦农业学校学习,三年之后以全校第四名的优异成绩毕业;之后他又进入巴黎的巴斯德学院,研究生物化学,着重研究大豆。1907 年李石曾用法文写成《大豆的研究》一书,以后又出版了中文版的《大豆》,其中介绍了中国豆腐,引起当地人很大兴趣。

　　李石曾还撰写过文章《豆腐为二十世纪全世界之大工艺》，内云："中国之豆腐为食品之极良者，其性滋补，其价廉，其制造之法纯本乎科学。……西人之牛乳与乳膏，皆为最普及之食品；中国之豆浆与豆腐亦为极普及之食品。就化学与生物化学之观之，豆腐与乳质无异，故不难以豆质代乳质也。且乳来自动物，其中多传染病之种子；而豆浆与豆腐，价较廉数倍或数十倍，无伪作，且无传染病之患。"这些道理今天谁都知道，而一百多年前对国人来说却十分新鲜。要知道，当时朝廷许多重臣还相信大陆是超级王八从大海里驮起来的，连英吉利、法兰西在哪圪垯都整不明白呢。

　　有了这番研究成果垫底，1908 年李石曾在巴黎近郊开办了一家豆腐工厂，用机械化方式生产豆腐，工厂经理便是齐竺山。为了让法国人领略中国豆腐的美味，他还在巴黎蒙帕纳斯大街开办了一家中国餐馆，名曰"中华饭店"，据说这是法国第一家中餐馆。工厂里做豆腐的男工，全部从李石曾的老家河北高阳的农村招聘,而负责将这些人送到法国的,就是齐如山先生。

齐如山曾分两批把招来的农村青年带到巴黎,一批有二十多人。这些农民从中国乘火车经西伯利亚,一路咣当咣当到了花都,其间也有不少故事。这些初次出国的农民工吃饭喝汤时,不但把刀叉弄得山响,嘴里还发出"特儿喽、特儿喽"的声音,让齐二爷很是不好意思,只好在车站买了各种熟食带到车上给他们吃。而这些人的食量又甚大,每人一顿饭就要吃五个两头尖的俄国面包,二十多人一天下来就要二百多个。齐如山一到车站便忙着给他们补充给养。车上的旅客看到这些人吃饭的模样,无不掩嘴而笑。更要命的是,这些来自中国北方农村的青年人从未见过抽水马桶,坐在上面解不出大便,只好蹲在上面方便。当时又没有动车,火车在行进中时有晃动,这一来,弄得排泄物哪儿哪儿都是,蔚为壮观。齐如山还得当保洁员,每到车站就提着个大水壶四处找水,装满后带回来冲洗厕所。就是这样一批中国农民，把制作豆腐的工艺带到了巴黎，尽管他们确实有点土，但比起同文馆那些只知虚耗官帑的"吃货"来，对于社会的贡献要大得多。

李石曾开办的豆腐工厂位于巴黎西北郊的拉卡莱纳·戈隆勃。主体厂房为两层，内有电机设备和化学室，另有办公配楼和杂用平房，厂外还有工人宿舍。公司有四十多名华工，还雇用了七十多名法国女工，规模相当可观。工厂的产品除了豆腐，还有法国人习惯食用的豆可可、豆咖啡、点心以及各种罐头食品。1909 年 6 月，孙中山先生曾经到豆腐工厂参观，对于李石曾以科学态度研究和制作豆腐的思路颇为赞许。后来他在《建国方略》一书中特地指出："近年生物科学进步甚速，法国化学家多伟大之发明，如裴在辂氏创有机化学，以化合之法制有机之质，且有以化学制养料之理想；巴斯德氏发明微生物学，以成生物化学；高第业氏以生物化学研究食品，明肉食之毒质，定素食之优长。吾友李石曾留学法国，并游于巴氏、高氏之门，以研究农学而注意大豆，以与开'万国乳会'而主张豆乳，由豆乳代牛乳之推广而主张以豆食代肉食，远引化学诸家之理，近应素食卫生之需，此巴黎豆腐公司之所由起也。"孙先生接着发了一番感慨："夫中国人之食豆腐尚矣，中国人之造豆腐多矣，甚至穷乡僻壤三家村中亦必有一豆腐店，吾人无不以末技微业视之，岂知此即为最奇妙之有机体化学制造耶？岂知此即为最合卫生、最适经济之食料耶？又岂知此等末技微业，即为泰西今日最著名科学家之所苦心孤诣研求而不得者耶？"对于豆腐公司的评价相当高。

据说，其时已经加入同盟会的李石曾，还曾经拿豆腐工厂赚的钱资助孙中山先生的革命活动，以推翻他的父亲担任过从一品大员的那个腐败朝廷。而李石曾本人，则在1924年11月5日亲自带队，将末代皇帝溥仪逐出了紫禁城，彻底终结了中国最后一个王朝。若非他出国留学了解到各种现代知识，开阔了眼界，这一切恐怕都不会发生。

那些出国做豆腐的中国农民，面貌也有了变化。为了提高他们的文化知识和工艺技能，进而提高工作效率，李石曾在工厂办起了夜校，让工人白天做工，夜间学习中文、法文和一般的科学知识，他还亲自为学校编写教材并进课堂为工人讲课。这些农民工经过学习，逐渐文明起来，有的还利用掌握的技能，自己开办了工厂，和今天农民工的经历差不多。

有了豆腐工厂的成功实践，李石曾和蔡元培、吴稚晖等人从 1909 年起又发起了勤工俭学活动，组织国内贫苦学生到法国，边打工边学习。据统计，从 1910 年到 1920 年，中国先后有十七批共两千人到法国勤工俭学，接受先进思想和文化的熏陶，其中涌现出周恩来、邓小平等一大批中国革命的领导者。这段历史，人们已经相当熟悉了。

中国豆腐落户法国还带来了一个衍生产品，就是促进了中国戏剧的变革。由于豆腐工厂在巴黎属于"外企"，各家剧院经常送来演出赠票。齐如山先生几次带领劳工和勤工俭学的学生从中国到法国后，便成了闲人，于是利用这一机会看了许多西洋戏。待到回国后，他结合自己了解的西方戏剧知识，对中国戏剧进行了全面梳理总结，使之形成具有自身特色的体系。他还与梅兰芳进行了长达二十年的合作，为梅编了二十多出新戏，梅兰芳赴日、美等国演出，齐如山先生也花了不少功夫，终于使京剧成功地走向海外。如若没有巴黎观剧的经历，齐先生没准会选择别的发展道路。

中国豆腐走向欧洲，居然引出了这么多的说道，实乃可喜可贺。

宫廷、延安和鸡蛋

世上最不起眼儿的荤物，大约就是鸡蛋了。

尽管鸡蛋家家户户都离不开，尽管人类吃鸡蛋至少吃了几千年，但是吃来吃去，始终没吃出大名堂。随便翻开一本菜谱，在"禽蛋类"菜肴中，鸡蛋一定名列末席，烹制之法也不离蒸、煮、煎、炒等几种，十分有限。清代袁枚所著之美食经典《随园食单》中，收录了几十样鸡鸭鹅的吃法，有什么生炮鸡、焦鸡、捶鸡、梨炒鸡、灼八块、珍珠团，鸭糊涂、挂卤鸭、干蒸鸭、徐鸭、酱鸭，云林鹅、烧鹅……，听着便十分玄妙；但是谈到鸡蛋，则只有寥寥数语："鸡蛋去壳放碗中，将竹箸打一千回蒸之，绝嫩。凡蛋一煮而老，一千煮而反嫩。加茶叶煮者，以两炷香为度。蛋一百，用盐一两；五十，用盐五钱。加酱煨亦可。其他则或煎或炒俱可。斩碎黄雀蒸之，亦佳。"说来说去，除"斩碎黄雀蒸之"有些高雅外，其余诸法，实在家常得很。

鸡蛋之所以不受重视，大约与其构造过于简单有关。除了蛋壳，就是蛋黄、蛋清，再想找出点儿名堂来，没了。这等物件，一点没有内涵，和平头百姓差不多。因此，想要拿鸡蛋热炒一番，实在缺乏题材，无从下手，故有识之士不屑为之。其实，平凡如鸡蛋者，如果精心烹制，同样能成为美味。

以人人会做的茶叶蛋为例，清代童岳荐编纂的《调鼎集》中有一"文蛋"，制作流程就比袁枚所述之法讲究许多："生蛋入水一二滚，取出击碎壳，用武夷茶少加盐煨一日夜,内白皆变绿色,咀少许口能生津。"京城过去有头有脸的旗人,更是将茶叶蛋的制作推向了极致。其程序为:先将大个儿的好鸡蛋洗干净,放到清水中煮成半熟。等到鸡蛋清定住了,捞出,用大号衣针在每个鸡蛋的蛋壳上扎几个眼,放入上等茶叶沏成的茶汁中泡一夜。次日将鸡蛋捞出,放入清水中煮熟,再放入好茶叶水中浸泡。一只鸡蛋经过如此折腾之后,才能被认定为正宗"茶鸡子儿"。这等茶鸡蛋,非有钱兼有闲者做不来。

再以人人会做的炒鸡蛋为例,曲阜衍圣公府中的做法就与众不同,十分讲究。先要把蛋清、蛋黄分别打在两个碗里,蛋清中调以细碎的荸荠末,蛋黄内调以海米末,搅匀后分别煎成两个蛋饼,然后叠在一起,入锅调味,用大火收汁后上桌。孔夫子若重回人世,看自己"食不厌精,脍不厌细"的饮食宗旨,被后代在鸡蛋之上体现得如此淋漓尽致,准得乐开了花,吃饱喝足之余,说不定还能弄出本《论语》续集来,让张教授、李博导们满世界讲用,再火上一把。

其实,能把鸡蛋做成佳肴的并非孔老先生一家,偌大之中国,"各村都有很多高招"。北京有一老字号"厚德福",河南风味,光绪年间就开业了,其招牌菜之一就是"铁锅蛋"。梁实秋先生在北京时经常光顾厚德福,对铁锅蛋评价颇高。他在文章中写道:"厚德福的铁锅蛋是烧烤的,所以别致。当然先要置备黑铁锅一个,口大底小而相当高,铁要相当厚实。在打好的蛋里加上油盐作料,羼一些肉末绿豌豆也可以,不可太多,然后倒在锅里放在火上连烧带烤,烤到蛋涨到锅口,作焦黄色,就可以上桌了。这道菜的妙处在于铁锅保温,上了桌还有滋滋响的滚沸声,这道理同于所谓的'铁板烧',而保温之久犹过之。"

如今铁锅蛋的制作更加讲究。鸡蛋打好后,还要添加海参、鱿鱼、鱼肚、荸荠、火腿、虾仁等配料,然后将特制的铁锅盖放到火上烧红备用,再把铁锅放在小火上,将搅好的鸡蛋浆倒入,用勺慢慢搅动,以防蛋浆沉淀。待蛋浆即将凝聚成块时,用火钩将烧红的铁锅盖罩在铁锅上,利用盖上的辐射热力将蛋浆拔起。待蛋浆暄出铁锅时，淋上芝麻油，再把铁锅盖罩上。等到蛋浆表面发亮呈红黄色时，移开锅盖，将铁锅倾斜，如无蛋液外溢即表明菜已成熟，连锅上桌。食用时，还要泼上姜末、醋汁，以提其鲜。这等鸡蛋做法，比起衍圣公府上，毫不逊色。

高阳先生在《红顶商人》中，也写过一道精品鸡蛋菜。说是胡雪岩到手下人家吃饭，席间有一道"三鲜蛋"与众不同。一般的三鲜蛋蒸好之后，总是上清下浑，作料沉在碗底，结成梆硬一块。唯独此家的蒸蛋，作料都匀开在蛋里面，嫩而不老。女主人月如揭示了其中诀窍：蛋要分两次蒸。第一次用鸡蛋三枚，加去油的火腿汤一茶杯、盐少许，打透蒸熟，就像极嫩的水豆腐；这时才加火腿屑、冬菇屑、虾仁等作料，另外再打一个生鸡蛋，连同蒸好的嫩蛋，一起打匀，看浓淡酌量加冬菇汤。这样上笼蒸出的蛋羹，作料才能均匀分布，味道好极了。

十多年前看小说看到这一段时，对高阳先生真是打心眼儿里佩服，居然能把普普通通的蒸蛋羹研究得如此透彻，实在无愧其姓氏，高。后来翻了几本闲书才发现，原来高先生的高见并非原创，是趸来的。《清稗类钞》之中，便有三鲜蛋之制作秘诀："用鸡蛋三枚去壳，置碗中，加去油之火腿汤一茶杯、盐少许，用箸极力调和，蒸熟形如极嫩之水豆腐，再加火腿屑两匙、蘑菇屑两匙、鲜虾仁两匙、生鸡蛋去壳一枚，连蒸熟之蛋同入大碗，再加蘑菇汤一茶杯、盐少许，极力调和，仍蒸透食之。以此法蒸成之蛋，碗面碗底，各料均匀，嫩而不硬，故为可贵。若寻常炖蛋，虽加入火腿屑等珍贵之物，往往上清下浑，上嫩下老，碗底必为坚硬之肉块也。"高先生对饮食素有研究，看过不少书，还出过专著，因此才能将这一段文字不动声色地移植到自己的小说之中，使之增添了不少滋味。这就是学问。

　　孔府之外，山东还有用鸡蛋做成的美味，名曰"三不沾"，是一道甜食。其制作工艺为：将鸡蛋黄放入大碗中，与白糖、水淀粉一道打匀，过细罗。将炒锅中放入少量猪油烧热,倒入调好的蛋黄液,迅速搅动,炒制过程中,还要逐步添加熟猪油,使之充分融入鸡蛋之中。经过十多分钟炒制,蛋黄糊变得柔韧,色泽黄亮,即大功告成。起锅之后,还可撒上些金糕丁儿作为点缀。此菜颜色黄艳润泽,呈软稠的流体状,似糕非糕,似粥非粥,入口绵软,滋味香甜,因菜品一不沾手,二不沾勺,三不沾盘,故名"三不沾"。过去京城以山东馆子同和居的三不沾最为有名,不知现在情况如何。

抗战期间,三不沾在革命圣地颇为风光。《黄河大合唱》的词作者光未然曾回忆,1939 年他因堕马受伤,到延安医治伤臂,其间多位老友设宴款待,地点在延安合作社,陪客则有冼星海等人。几次聚会,餐桌上都有三不沾。时隔几十年,诗人对此仍念念不忘。当时,三不沾与米脂咕噜是延安最为有名的两道甜菜,大概是其用料简单、易于采办的缘故。由此看来,即便在艰难困苦之中,革命者与美食也并非誓不两立。能吃上三不沾,就不必非要吃白水煮鸡蛋,这其实反映出一种乐观向上的生活态度,未可厚非。若有人能编出一本《延安忆吃》来,真实记录当时的生活,一定很有看头。

白水煮鸡蛋,其实也有天壤之别。还是据《清稗类钞》记载,清朝时两淮八大盐商中的首富黄均太,每天早上要吃两枚煮鸡蛋、一碗燕窝参汤。一天他查看伙食账时发现,每枚鸡蛋竟需纹银一两,不觉大愕,连忙找厨师询问根由。厨师答曰,此鸡蛋非同一般,就是这个价,如若不信,可另请高明试试。果然,黄某连换了几个厨师,所煮鸡蛋的味道都不及从前,只好再请回原来那位高厨,继续吃高价鸡蛋。原来,该厨师在家中养了一百多只蛋鸡,每天饲喂时,要将人参、苍术等药物研成碎末拌在鸡食中,如此这番鼓捣出来的鸡蛋,自然不同凡响。

有专家考证,这个黄均太,就是扬州个园的建造者黄至筠。黄至筠字韵芬,又字个园,在清朝嘉庆、道光年间长期担任两淮盐业总商,均太以及一些笔记中提到的应泰、瀛泰等,是他在经营盐业时的名号。盐商吃的是垄断饭,银子来得容易,花起来也不心疼。据说黄至筠修建个园时,用了几百万两银子,而他的后代最后却因冻饿而亡。这也算是一种总量平衡吧。

黄均太所吃的煮鸡蛋是否值一两银子,不好评说,但有人吃鸡蛋确乎是当了冤大头。

据清人笔记记载,当年光绪皇帝每天要吃四个鸡蛋,御膳房为此开出的价钱竟然是二十四两白银(也有人说是十二两)。于是,这位久困深宫的天子把鸡蛋当成了宝贝,某次还问他的老师翁同龢是否吃过这种名贵之物。翁同龢明知自己的皇上弟子上了当受了骗,却不揭破真相,只是含糊其词,说自己家中年节祭祀时也用过鸡蛋,却不知其价,把这件事糊弄过去了。翁同龢不肯告诉光绪鸡蛋的市场价格究竟是多少,是因为这样做会断了宫中有关人员的财路,引起众怒,不如揣着明白装糊涂,于己更为有利。反正花的不是自家的钱。

　　果然，"鸡蛋事件"平息后，翁同龢在宫里得了很高的印象分，皇上周围的人都说翁师傅"办事漂亮""有口德"，其地位自然更加稳固。不过，从几个天价鸡蛋上，便可断定戊戌变法实难成功。因为最高领导不谙世事，由人摆布，身边重臣又不肯说明实情，听之任之，在这种情况下，无论办什么事，都会砸锅。

　　这正是：若想治国平天下，先得整清鸡蛋价。

歪批莱菔

　　世间新说，无奇不有。法国作家布里亚-萨瓦兰（Jean-
Anthelme Brillat-Savarin）在《厨房里的哲学家》一书中，便
有一发明，说是大多数作家的艺术风格取决于其肠胃，排
便正常者为喜剧诗人，便秘者为悲剧诗人，整天腹泻拉稀
的人，便只好去写田园牧歌和挽歌了。将作家的文风与该
人如厕的时间和次数直接挂钩，未免过于生硬苟简，故而
此说流传不广。虽说时下一些新论也就是这么回事。

　　不过，萨氏之说虽属"歪批三国"，却并非全无道理。一个人的精神状态与消化机能确有一定关联，如果三五天难以"方便"，心中再有鸿篇巨制，也会憋得写出不来；若是每日要在马桶上消磨多半时光，大约也只剩下写挽歌的心绪了。好汉子尚且经不住三泡稀，何况文弱书生乎？照此推论，萝卜应该算造就喜剧诗人的功臣，因为其具备调理肠胃之显效。

　　据李时珍《本草纲目》记载，莱菔（即萝卜之大名）具有宽胸膈、利大小便等诸多功能，"生食，止渴宽中；煮食，化痰消导；……饮汁，治下痢及失音，并烟熏欲死"。大便不通或是跑肚腹泻，萝卜居然都有办法对付，也算是有些能耐。

　　中国文人，颇有喜食萝卜者。南宋诗人陆游便是一个，并留有文字记录："甜羹之法，以菘菜、山药、芋、莱菔杂为之，不施醯酱，山庖珍烹也。"他还为此赋诗一首："老住湖边一把茅，时沽村酒具山肴。年来传得甜羹法，更为吴酸作解嘲。"从诗文中可以看出,陆游属于熟吃萝卜派。

其时文人中,也有生吃萝卜的拥戴者。南宋林洪在《山家清供》中记载,当时的哲学家叶适(人称水心先生)便有此嗜好。过去人们相信服玉可以益寿延年,而水心先生却对诗人杨万里说:"萝菔始是辣底玉。"萝菔是萝卜的另一称号,此外还有莱菔、芦菔、芦菔等不同写法。将萝卜的地位抬到如此之高者,实不多见。与叶适同时代的叶绍翁(号靖逸),也就是写"一枝红杏出墙来"的诗人,也属生吃萝卜派。据林洪描述:"仆与靖逸叶贤良绍翁过从二十年,每饭必索萝菔,与皮生啖,乃快所欲。靖逸平生读书不减水心,而所嗜略同。或曰能通心气,故文人嗜之。"

将文人喜食萝卜归结为因其能通心气,林洪此论不无见地。因为文人的一大毛病就是好发议论,哼哼。在朝在野无不如此,大事小情概莫能外。但是,这些意见能为执政当局采纳者不多,于是文人难免心中郁闷,脾胃不调,不吃些萝卜治理一番,不但有损健康,连舞文弄墨的老本行都干不成,最多只能写写挽歌。即以叶适为例,他当过户部侍郎,因为反对"和议",结果朝廷北伐失败后,把罪过算到了他的头上,令其离职回乡休息。水心先生若不找几块"辣底玉"调养脾胃,哪里还会有心情著书立说,总结出"既无功利,则道义者乃无用之虚语"之类的道理,成为"永嘉学派"的代表人物?

对萝卜褒扬最为有力者,当数东坡居士。他写过《菜羹赋》《东坡羹颂并引》等文章,认为用萝卜、蔓菁、荠菜之类做成的菜羹,"不用鱼肉五味,有自然之甘"。苏轼还曾因有人请他吃萝卜,写过题为《狄韶州煮蔓菁芦菔羹》的感谢信:"我昔在田间,寒庖有珍烹。常支折脚鼎,自煮花蔓菁。中年失此味,想像如隔生。谁知南岳老,解作东坡羹。中有芦菔根,尚含晓露清。勿语贵公子,从渠醉膻腥。"诗中滋味,堪可品尝。

东坡先生一生坎坷,下过天牢,迭遭谪贬,但他始终保持着乐观豁达的心态,拿得起也放得下。《东坡志林·记游松风亭》曰："余尝寓居惠州嘉祐寺,纵步松风亭下,足力疲乏,思欲就林止息。望亭宇尚在木末,意谓是如何得到?良久,忽曰:'此间有甚么歇不得处?'由是如挂钩之鱼,忽得解脱。若人悟此,虽兵阵相接,鼓声如雷霆,进则死敌,退则死法,当甚么时也不妨熟歇。"东坡先生此等胸襟,当与喜食萝卜不无关系。

后世文人在朝廷的管束之下,懂得了不能随便哼哼,否则于身家性命大大的不妥,故而对萝卜的评说也渐入实用层次。袁枚在诗文中鲜有"勿语贵公子,从渠醉膻腥"之类的语句,但是在《随园食单》里记录了几样萝卜做法。一为酱萝卜:"萝卜,取肥大者,酱一二日即吃,甜脆可爱。有侯尼能制为鲞,剪片如蝴蝶,长至丈许,连翩不断,亦一奇也。承恩寺有卖者,用醋为之,以陈为妙。"一为猪油煮萝卜:"用熟猪油炒萝卜,加虾米煨之,以极熟为度。临起加葱花,色如琥珀。"虾米煨萝卜,至今仍为家常菜的代表作。如果将干贝与萝卜同烧,则可用来招待贵客。

　　若有人想要出新而无题目，不妨写一篇《论多食莱菔与保持健康及建立和谐家庭之关系》。

黄瓜活吃

人们对于吃喝的某些记忆,往往是与饥饿联系在一起的。

1969 年,我们插队一年多后,从借住的老乡家迁入了"知青别墅",算是有了自己的窝。一字排开的宿舍,共有十二间房,中间有一道矮墙将男女生分开。每间房宽不足三米,长五米左右,挤上三个人,将够。院子倒是不小。于是大家在房前种下了一排杨树,又请老乡帮忙打了一口井,眼见得知青小院渐渐葱茏起来。

　　有一个同学,居然在房前空地上开辟了一个小小的菜园,约三米见方,内植辣椒、茄子、黄瓜、西红柿、扁豆各三五株。每天收工之后,他还要在菜园中忙活一阵,浇水施肥,掐枝剪叶,干得有滋有味。别看是小打小闹,这些蔬菜却正经是绿色食品,所用的肥料都是人粪尿,而且全部为知青自产,绝无掺假。于是,小院中经常可以闻到发酵后的大粪那独特的余韵悠长的酸味儿。种菜,一定要用大粪,如此长出来的菜味道才好。用化肥催出来的菜,寡淡得很。

　　夏天日长,晚饭之后,大家常常围坐于菜圃周边,看扁豆的须蔓慢慢缠绕在架棍上,看西红柿结出纽扣般的青色果实,看黄瓜顶着小黄花一点点长大,顺便回忆一下黄瓜、西红柿的烹饪要点。我们插队的地方叫奇村,有四千多口人,过去是县里的四大集镇之一,这些个"细菜",村里都种着,集市上一斤总要卖一毛多钱,这对我们来说绝对属于奢侈品。一物之贵贱,总是取决于当事者钱包是否丰盈。

当时我们这些知青忙活一年,也就能挣二百多块钱,除了要留下探亲路费,还得买点针头线脑、牙膏肥皂,因此每月自定的伙食费只有区区六元五角。这笔钱,要买粮、买炭、买盐、买酱……。油钱倒是有限,大队一年分给每个人二两油,多了也没有。肉平时是见不着的,只有过大年和八月十五能沾点荤腥,所费也不多。扣除这些个花销,剩余的才是买菜钱。因此常吃的蔬菜只是两三分钱一斤的西葫芦、苘子白、白萝卜、山药蛋。大锅,水煮。煮毕,浇上一小勺滚烫生烟的花椒油,"刺啦"一声,香味顿时扑鼻。只是吃到肚里还是清汤寡水。因此,对于黄瓜、西红柿这等稀罕物,众人自然兴趣盎然。

一日,大家又在追忆黄瓜的吃法,一外校同学忽然插话:"你们谁吃过活黄瓜?"众人大眼瞪小眼,皆摇头。于是他便主动要求示范。但见他一米八的个子忽然矮了半截,屈身钻到一根半大的黄瓜前,用衣袖在上面随便擦了两下，并不摘下，然后像耍杂技一样反转身子，阔口朝天，将黄瓜自下而上顺入嘴中，大嚼。

　　半分钟光景，一根黄瓜只剩下孤零零的瓜蒂，在瓜秧上抖动着。众人不禁哄然。不过，在场十几个同学却没有人再去品尝一下这活黄瓜的滋味。谁都知道，每天收工后，浑身像散了架一样，再侍弄出这点菜实在是不易。种菜的同学姓邓，其父当时是中国第二号"走资本主义道路的当权派"，他种出的这点儿"细菜"，多数送给了我们这些同学尝鲜。不知他是否还记得黄瓜让人活吃之事？

　　中国人能吃上黄瓜，得益于早年间的对外开放，据说是张骞通西域后，将其从中亚引进中原的。因此黄瓜也名胡瓜。到了西晋末年，天下大乱，北方相继出现了一批少数民族建立的政权，其中包括羯族人石勒建立的后赵。因石勒属于胡人，忌谈"胡"字，故将胡瓜、黄瓜统一于黄瓜，并流传至今。其实，胡瓜也好，黄瓜也罢，只是名称而已，对蔬菜品质并无影响。老百姓对此并不在意，得吃就行。

盛夏时节,黄瓜是普通人家消暑的佳物。一碟黄瓜拌粉皮儿,青白相间,再加点盐、醋、蒜末、香油,让人百吃不厌。将粉皮儿换成海蜇丝儿,则可以请客了。若是嫌麻烦,可将黄瓜用刀面拍松后切碎,随意添加几样调料,两三分钟便可完事,味道也不错。北方人吃拍黄瓜,还要拍上两瓣蒜加入其中,如此才够味儿。再简单的吃法也有。老北京过去一到夏天,常常下上一大碗抻面,用凉水拔透,再加入调稀的麻酱,手拿一根洗净的顶花带刺的鲜黄瓜,蹲坐在大杂院的树荫下,吃两口面,啃一截黄瓜,那吃法,绝对豪迈。

讲究的吃法也有。清代宫中便有一道炒黄瓜酱。其做法是:先将嫩黄瓜洗净切成小丁,用精盐拌匀腌出水分,滗干。将瘦猪肉切成小丁,与黄瓜丁同大,用旺火煸炒至水分出干,随即加入葱末、姜末和黄酱继续炒两至三分钟,待到酱味进入肉中,放入黄瓜丁、绍酒、酱油、味精略炒后,稍加湿淀粉勾芡,再淋上麻油,翻炒几下即成。此菜肉嫩酱香，黄瓜清脆，是下饭的佳肴，目前一些老北京风味馆子中还有卖的。

炒黄瓜酱据说脱胎于民间菜肴。话说清兵入关后，由于战事频仍，军士常常来不及搭灶做饭，遂将生肉用火烧熟后切成小丁随身携带。待到吃饭时，便将肉丁掺加一些青菜，以酱拌食。以后，御膳房将此菜加以改进，变"拌"为"炒"，使之更有滋味。厨师还按季节的不同，分别制作出炒胡萝卜酱、炒豌豆酱和炒榛子酱，与炒黄瓜酱并称为"四大酱"，成为宫廷中的当家菜品。

普通家庭也可把黄瓜做得较为精细。我家便有一道西法腌泡黄瓜皮，用来待客，屡受好评。先将黄瓜洗净，切成两寸左右的长段，用小刀将瓜皮和部分瓜肉镟至瓜子处，弃子不要。然后将瓜皮略腌，放入西式腌黄瓜的汁中，置于冰箱中两三天，即可上桌。此菜制作时需注意两点：一是瓜段要先用盐杀一杀，以使瓜皮略有韧性，免得镟时断裂；二是腌制瓜皮的汁水可以自配，更简便的方法是买一瓶腌黄瓜,吃掉黄瓜后,将汁水留下,再加入几瓣蒜,两根干红辣椒,适量的盐和味精,即可用来制造新产品。这道菜咸中带酸,口感爽脆,微带蒜香椒辣,十分宜于餐前开胃,且对于刀工、火候、调味并无讲究,会削苹果皮的人就能做。我的女儿一向不进厨房,连炒鸡蛋放多少油也没数,但是和同学野餐时她也能露上这一手,引来一片"哇"声。只是这等黄瓜做法忒费时间,只可偶一为之。

京城黄瓜,早年间曾经卖出过天价。查慎行在《人海记·都下早蔬》中对此有着明确记载:"汉太官园种冬生韭葱菜茹,昼夜燃蕴火,待温气乃生,事见《汉书·召信臣传》,今都下早蔬即其法。盖明朝内竖,不惜厚直以供御庖。尝闻除夕市中有卖王瓜二枚者,内官过问其价,索百金,许以五十金。市者大笑,故啖其一,内官亟止之。所余一枚,竟售五十金而去。"大年三十,一条黄瓜居然卖到五十两银子,确实值得说上两句。何况此黄瓜又是用来"供御庖"即给皇上吃的,更能吸引眼球。看来,古人也很会挖掘报道题材。

　　不过，查慎行是清朝人，所说的明朝皇帝的事情只是耳闻，当事人又没有真名实姓，只有"内官""市者"之类的模糊称谓，因此这等记述有点像现在一些媒体刊载的坊间传闻，可读性颇强而真实性不详。好在，对于京城高价黄瓜的记载还有不少，可以证实此事并非妄言，只是价格没那么邪乎。

　　明人沈德符在《万历野获编》中说："京师极重非时之物，如严冬之白扁豆、生黄瓜，一蒂至数环，皆戚里及中贵为之，仿禁中法膳用者。"清代学者谈迁在《北游录》中也说过："以先朝内监，不惜厚直，以供内庖。三月末，以王瓜不二寸辄千钱。四月初，茄弹丸或三千钱。"沈德符和谈迁都是历史学家，治学严谨，又在北京待过，因此这些记载较为可信。

　　沈、谈二人所说的是明末清初的事，再往后，梁溪坐观老人在《清代野记》中对京城高价黄瓜也有明确记载，而且时间、地点、人物俱全。说是咸丰年间安徽桐城有一举人姓方名朝觐字子观，年末从家乡来到京城，为来年春天考进士做准备。一天，方某带着仆人到前门购物，肚子饿了，来到一家小饭馆用餐，让仆人另找座位自己点菜，并特意叮嘱："尔勿乱要菜，京师物价昂，不似家乡也。"结账时，伙计说一共吃了五十多吊钱。方大诧曰："尔欺我耶？"伙计曰："不敢欺，爷所食不足十吊，余皆贵价食也。"方大怒，呼仆至责之。仆曰："可怜可怜，我怕老爷多花钱，连荤腥都不敢吃，只吃了四小盘黄瓜而已。"方曰："尔知京师正月黄瓜何价？"仆曰："至多不过三文一条可矣。"伙计曰："此夏日之价也，若正月间则一碟须京钱十吊，合外省制钱一千也。"仆张口伸舌不敢言，呵呵从主人而出。这段记述，可以排一个小品。

当时一两银子大约能换两千多个制钱，四小盘黄瓜就卖了小二两银子，而一个七品京官的俸银一年不过四十五两。两相比较，便可知黄瓜的价格究竟有多高。

　　黄瓜当年地位如此高贵，皆因要在温室种植，北京人称之为"洞子货"，而且侍弄起来十分麻烦。要先将瓜子儿种于花盆中，待长成壮苗后再移植下洞；开花后，要人工授粉；结出小瓜后，还须在瓜下系一泥坠，以使其长得更顺溜；菜洞子中，必须时时烧火以保持温度。如此这般之后，黄瓜才能在数九寒天现身京城，卖出高价。

　　如今，塑料大棚全国普及，交通网络四通八达，京城冬日黄瓜已非稀罕物，三五元钱便可买得一斤，只是味道总有些寡淡。是化肥用多了黄瓜变味了？还是生活改善了食欲减弱了？抑或社会变化太快了让人感官迟钝了？说不清。呜呼！知青小院活黄瓜，叫我如何不想它！

白菜随想

"十月都人家百蓄。霜菘雪韭冰芦菔。暖炕煤炉香豆熟。燔獐鹿。高昌家赛羊头福。　　貂袖豹袪银鼠襮，美人来往毡车续。花户油窗通晓旭。日寒燠。梅花一夜开金屋。"

这是元代欧阳玄写的一首《渔家傲》，描述的是元大都的市民如何准备过冬。首先要准备好冬菜，有经了霜的大白菜（霜菘），有经过雪压的韭黄（雪韭）。北京过去在冬天以马粪掺点园土,覆盖在韭菜根上,可以使韭菜不受冻,上面又有积雪,十分湿润,因而长出的韭黄独具风味。还有萝卜(芦菔)。有了冬菜,便可以烧起暖炕,点燃煤炉,全家人在一起吃着炒熟的豆子,说着闲话,其乐融融。

据《新元史》记载,欧阳玄,字原功,是欧阳修的后代,元延祐年间考中进士,从此进入官场,直到八十五岁才在大都去世。欧阳玄除当过几年地方官外,大部分时间在朝廷负责文书起草和教育工作,"历官四十余年……两为祭酒,六入翰林,而三拜承旨……两知贡举及读卷官。凡宗庙朝廷雄文大册、播告万方制诰,多出玄手"。由于在文字上有两把刷子,欧阳玄颇得圣上眷顾,几乎年年都有额外赏赐,死后还被"赠崇仁昭德推忠守正功臣、大司徒、柱国,追封楚国公,谥曰文"。

欧阳玄起草过哪些高文典册,不太好辨别,因为那些玩意儿都是以领导名义发表的。倒是他创作的十二首《渔家傲》,收入自己的诗文集,成为后人了解元大都时期北京人生活起居的资料。这十二首《渔家傲》,逐月描述大都的岁时风情和朝廷的重要庆典,合在一起,便构成了几百年前的京城风俗长卷。民俗学家邓云乡先生曾旁征博引,对欧阳玄的十二首《渔家傲》逐一进行了解说,很可一看。文章收在《水流云在丛稿》中。

据欧阳玄自述,这十二首《渔家傲》写于元至顺三年(1332),由此算来,北京人冬储大白菜的历史起码有七百年了。霜菘泽及京城百姓,久矣。

大白菜能够成为京城百姓越冬的主打蔬菜,一是耐储藏,二是味道美。北京冬日苦寒,一般蔬菜已无法生长,即便菜农能在向阳的地界栽点韭黄,或是在温室里养几根黄瓜,也量少价昂,非一般百姓所能享用。寻常人家,如果在院里挖个地窖或是找间不生火的空房,存上三五百斤大白菜,就可以安然度过漫漫冬日,一直吃到来年春天鲜菜上市时。不仅是北京,北方地区冬天吃菜大都如此。《津门竹枝词》中,也有类似描述:"芽韭交春色半黄,锦衣桥畔价偏昂。三冬利赖资何物,白菜甘菘是窖藏。"

明代北京的大白菜已经很有些名气。李时珍在《本草纲目》中便说过:"菘有二种:一种茎圆厚微青,一种茎扁薄而白。其叶皆淡青白色。燕、赵、辽阳、扬州所种者,最肥大而厚,一本有重十余斤者。南方之菘畦内过冬,北方者多入窖内。燕京圃人又以马粪壅培,不见风日,长出苗叶皆嫩黄色,脆美无滓,谓之黄芽菜,豪贵以为嘉品,盖亦仿韭黄之法也。"

李时珍虽然博学,但毕竟不是北京人,对于黄芽菜的由来不甚清楚。北方的菜窖是大白菜的"客房",而非其"产房",没听说谁在里面用马粪捂出黄芽菜的。还是《光绪顺天府志》说得比较准确:"黄芽菜为菘之最晚者,茎直心黄,紧束如卷,今土人专称为白菜。蔬食甘而腴,作咸齑尤美。"

明末清初时的一帮顶级老饕,如张岱、李渔(笠翁)、袁枚(子才)等人,对于大白菜也都给予了极高评价。李笠翁在《闲情偶寄》中说:“菜类甚多,其杰出者则数黄芽。此菜萃于京师,而产于安肃,谓之‘安肃菜’,此第一品也。每株大者可数斤,食之可忘肉味。”安肃即今天河北保定市徐水区,出产的大白菜仍有盛名。袁子才的《随园食单》中,也有关于黄芽菜的记载:“此菜以北方来者为佳。或用醋搂,或加虾米煨之,一熟便吃,迟则色味俱变。”直到今天,醋熘白菜和虾皮熬白菜仍是北京的平民吃食。

《随园食单》中关于大白菜的记载不是很多。袁老先生长期生活在南京,那里毕竟不是大白菜产地。不像京城百姓,白菜一吃就是几百年,花样也是越来越多。一棵白菜在手,可生可熟,可荤可素,可菹可酱……,各种吃法都有杰作。

以生吃为例,其经典作品为芥末墩儿和榅桲拌白菜心。芥末墩儿的做法并不复杂:将大白菜去掉老帮,整棵横放,切成约三厘米高的圆墩状,用沸水烫一下,码入坛中,摆一层白菜墩儿,放一层芥末糊和白糖,最后淋上米醋,捂严,一两天即成。

　　细说起来,做芥末墩儿也有讲究。单说原料,不可用菜叶子,只能用菜心部位的下半截,这样口感才好。白菜墩儿切好之后,还要用马莲草拦腰绑上一道,以防加工时散架。所用的芥末,要先放入碗中用温水澥开,静置一段时间,将上面的浮水倒掉,以除去其苦味,之后再将芥末置于煤炉或灶台附近,用热力慢慢将其冲味儿逼出来,才算合格。上等的芥末墩儿,味道酸、甜、辣而爽口,芥末的冲味儿要穿透鼻腔直达脑门。据说,当年梅兰芳大师的餐桌上便常有芥末墩儿;又据说,芥末墩儿以老舍先生家所做最为地道。这倒完全有可能,老舍是旗人,而芥末墩儿本来就是满族入关后带到北京的。至今,东北各地仍将芥末墩儿列为满族特色菜。

　　榅桲拌白菜心的制作更为简单:将白菜心横切成丝,然后浇上用白糖煮就带有红亮浓汁的榅桲,拌匀食之。榅桲是一种山果,味道近似山楂。榅桲拌白菜心尽管简单,但白菜心爽脆，榅桲酸中带甜，堪称绝配，下酒最为相宜。实在没有榅桲，炒红果也可将就。过去北京吃皇粮的旗人再潦倒，一棵白菜吃尽菜帮后，当家的便会端着个缺边饭碗，冒着寒风跑到果子铺，费尽口舌赊上半碗榅桲，拌个菜心。吃上这一口儿，日子才算有些滋味。这也是一种认真的生活态度，无可厚非。

芥末墩儿和榅桲拌白菜心，至今仍写在京城诸多老北京饭馆的菜单上，不过多数已然做了整容手术，让人难以辨别面目。前不久，与几位朋友到后海的一家老字号吃烤肉，一位打小在北京生活的"老外"，开口就要思慕许久的芥末墩儿，服务员答曰，已然上桌了。众人搜索良久，才发现一盘疑似菜品。此"芥末墩儿"，纯用白菜叶子制成，因无法直立，只好裹成一个个菜卷横躺在盘中，表面还撒了几粒黑芝麻。若非菜叶子上浇了一层芥末汁，实在让人无法猜测此等货色究竟为何物。这样的"芥末墩儿"，倒不妨进入红楼菜谱，名字也现成，就叫作"憨湘云醉眠芍药裀"。

这样，万一有人较起真来，也好用创新之类的时髦话糊弄过去。

大白菜的一大特点，就是亲和力很强，自身没有不良习气，和什么原料搭配都能相得益彰，因而，既是普通百姓的当家菜，上了国宴也绝对不跌份儿。北京饭店有一道"开水白菜"，便得到不少外国政要的称许。这道菜的制作工序看上去并不复杂：将白菜心洗净烫熟，放入凉水中冲凉，挤去水分放入汤碗，然后将清汤烧开调味，注入碗中，上笼蒸熟即可。只是这个"开水"熬起来得花点儿功夫。要用整只母鸡和整个猪肘外加瘦猪肉慢慢吊汤，吊好之后还要分别用肉泥、鸡泥来清汤，最后才能炼制出清澈透底、毫无渣滓的"开水"。平均下来，一斤固体原料只能出一斤清汤，其价值可想而知。1983年首届全国烹饪大赛上，北京饭店便拿出了这道开水白菜参赛，颇得评委赞赏。

清淡素雅的开水白菜，在北京饭店被列入四川菜谱。其实这也不奇怪，四川菜本来就是一菜一品、百菜百味，并非彻头彻尾的麻辣。四川气候湿润、土地肥沃,蔬菜品种多质量好,大白菜质量自然也不会差。大画家兼大美食家张大千招待贵客的菜谱中,便有一道"清蒸晚菘",这似乎与开水白菜有些关联。他还曾经将白菜入画,并在画上题诗曰:"废圃亲除艺晚菘,山厨朝暮有清供;从人去羡何曾富,日食万钱傲乃公。"不过,从大千先生的画作上看,他所说的晚菘是不结球的白菜,有些像塌菜,纤维较粗,如果以这样的原料清蒸或是制作开水白菜,口感似乎差一些。由此推论,北京饭店的开水白菜尽管源于四川,但是使用了北京的大白菜后,味道肯定会更好。

大白菜除了鲜食,还能晒干了做馅吃,渍成酸菜吃,味道都不错。梁实秋先生在《雅舍谈吃》中,曾谈到北京当年讲究吃酱白菜炒冬笋:"这是一道热炒。北方的白菜又白又嫩。新从酱缸出来的酱白菜,切碎,炒冬笋片,别有风味,和雪里蕻炒笋、荠菜炒笋、冬菇炒笋迥乎不同。"如今,市面上冬笋常有,酱白菜却难觅其踪,大概是制作工艺复杂,又卖不上价钱,没人愿意干了。惜哉!

　　李渔说大白菜食之可忘肉味,应属夸张之词。不过,大白菜借助肉味确实可以彰显其鲜美,北京人吃涮羊肉时最后才上白菜,就是这个道理。据清朝睿亲王的后裔金寄水先生回忆,当年睿王府吃涮羊肉时,调料只有白酱油、酱豆腐、韭菜末和糖蒜,其余如芝麻酱、虾油、料酒、炸辣椒等一概没有,也不涮白菜,只涮酸菜、粉丝。直到他十岁之后去东来顺吃涮羊肉,才知道调料有这么多名堂,才知道可以涮白菜。

　　看来,住在深宅大院里的人,想要了解点民间实情确实不容易。即便是吃涮肉配大白菜这样简单的事,也得找机会亲自体察一番才行。

韭菜的辈分

中国蔬菜的本土派,如果推选业内老大,韭菜大有希望胜出。其优势有三:资格老;地位尊;再有呢,就是经常为文人念叨,知名度很高。这最后一点,对于海选颇为重要,因为知名度就是选票,无论美名恶名,总要比寂寂无名更能吸引大众眼球。

两千多年前,韭菜已然十分风光。《诗经·豳风·七月》云:"四之日其蚤,献羔祭韭。"根据袁梅先生的译文,其

意思是："二月初,大清早,羊羔嫩韭祭寝庙。"《仪礼·少牢
馈食礼》中也规定,卿大夫在祭奠祖先时,必得备好"韭
菹",即腌韭菜。似乎缺了这玩意儿,老祖宗们吃起猪呀羊
呀这些个供品,就会觉得寡淡。

　　中国人过去一向讲究慎终追远,要把老人的丧事办
好,更不能忘记祖先的恩德,因此不管是第几代掌权者,都
要把祭奠祖宗作为治国要务对待,所谓"国之大事,在祀与
戎",就是这个意思。老祖宗的地位既然这么高,孝敬他们
的货色自然不能糊弄,必须优中选优。韭菜及其衍生品腌
韭菜能够进入祭品序列,足见其地位之尊贵。《诗经》中开
列的蔬菜很是不少,有蕨菜、薇菜、萝卜、蔓菁、蒌蒿、荠菜、
荇菜……。但是,能像韭菜一样在祖庙公干的,不多。

　　韭菜入祭的习俗,可谓绵延不绝。汉唐以降,历朝历
代在祭奠先祖时大都有"荐新"礼,即选择一些超越时令的
鲜货在太庙之中摆上一摆,让爹爹、爷爷、太爷爷们看一
看,闻一闻,然后送至御膳房烹制,供当今的执政者及其大

小老婆咪西咪西,小饱口福。而韭菜在这类场合大都位于第一方队,最先亮相。

据《明史·礼志》记载,明代太庙荐新物品包括:正月——韭、荠、生菜、鸡子、鸭子;二月——水芹、蒌蒿、薹菜、子鹅;三月——茶、笋、鲤鱼、鲎鱼;四月——樱桃、梅、杏、鲥鱼、雉;五月——新麦、王瓜、桃、李、来禽、嫩鸡;……一直到十二月,月月都有新花样。将韭菜和鸡蛋、鸭蛋打包上供,可谓独具匠心。韭菜和鸡蛋都带点腥臭味儿,但是搭配食用却十分鲜美。对此国人早有了解,西汉时的《盐铁论》中便提到,当时的流行菜肴中就有"枸豚韭卵",即枸杞炖猪肉和韭菜鸡蛋。把这两样东西一起摆上供桌,先人们便可在另一个世界的御膳房里弄盘韭菜炒鸡蛋,岂不快哉?

清代的爱新觉罗氏,其祖先只会在山海关外的深山老林逮只黄羊、兔子,搞搞原生态烧烤,但是一进入紫禁城君临天下,马上在一些人的撺掇下,将中原礼制照单全收,山呼万岁之类的朝廷大礼自然不可缺少，荐新之类的祭祀规矩同样笑纳。只是为了照顾老祖宗及自己的口味，对荐新品种有所调整。据《清史稿·礼志》记载，清廷的荐新品物为：正月——鲤鱼、青韭、鸭卵；二月——莴苣、菠菜、小葱、芹菜、鳜鱼；三月——王瓜、蒌蒿、芸薹、茼蒿、萝卜；四月——樱桃、茄子、雏鸡；五月——桃、杏、李、桑葚、蕨、香瓜、子鹅；六月——杜梨、西瓜、葡萄、苹果……

这些物件原本不是什么稀罕货，但是搁到荐新的月份可就非同一般了。中国的王朝大都定都在北方，一到冬季便是冰封大地、万物凋零，此时要整出点儿新鲜韭菜，没有特殊设施绝难做到。同样，寒冬腊月日短夜长，鸡鸭们都躲进窝里休整去了，很少下蛋，想找几个鸡子儿、鸭子儿，也非易事。何为物以稀为贵，冬天的韭菜就是一例。

韭菜之所以能够进入祭祖的第一方队，除了珍稀，与其生长特性不无关系。《说文解字》中对于"韭"的解释是："菜名。一种而久者，故谓之韭。象形，在一之上。一，地也。"大意为,韭菜种一次即可长久收获,因而取"久"之音。从字形看,下面的"一"代表土地,上面的"非"则表示韭菜在田中茂盛纷繁的样子。李时珍在《本草纲目》中说得更为详细:"韭丛生丰本,长叶青翠。可以根分,可以子种。其性内生,不得外长。叶高三寸便剪,剪忌日中。一岁不过五剪,收子者只可一剪。八月开花成丛,收取腌藏供馔,谓之长生韭,言剪而复生,久而不乏也。"历代老大们将"剪而复生"的韭菜作为荐新的供品,自然有祈求祖先护佑子孙永远昌盛的意思。此等愿景能否实现,无须多说。

历代皇室数九寒天向列祖列宗供奉之稀缺韭菜,究竟从何而来?说来也简单,暖房里种的。尽管农业设施如今已经普及,但早年间可是个稀罕物。汉代京城已有温室韭菜,只是由于花销太大,只能作为最高当局的特供。《汉书·循吏传》对此有明确记载:"太官园种冬生葱韭菜茹,覆以屋庑,昼夜然蕴火,待温气乃生。"当时有一个读书人出身的大臣召信臣,负责皇上的饮食起居,他以为这些东西"皆不时之物，有伤于人，不宜以奉供养"，于是奏请皇上裁撤。也许是"有伤于人"这一点打动了"当食者"，此"戒韭令"居然获批，于是宫廷之中冬天断绝了韭菜，刘家列祖列宗也尝不着鲜了。不过，此举于国家财政大有好处，宫中开支"省费岁数千万"。

　　到了西晋，皇家温室似乎仍告阙如。《世说新语》中记录了一个故事。当时的全国首富石崇与王恺斗富，在大冬天端出了腌韭菜，王恺从未见过寒冬腊月还有此物，觉得很丢面子。这个王恺并非寻常之辈，乃晋武帝司马炎的舅父。为了支持老舅和石崇斗富，司马炎还赞助过他许多宫中宝物，如果皇家温室存在，王恺顺出点儿韭菜来那还不是小菜一碟，哪至于在石崇面前栽跟头！后来查明，石崇家也没有韭菜，只是将韭菜根与麦苗混在一起剁巴剁巴，整出个假冒产品而已。从皇亲国戚到全国首富，大冬天都搞不到韭菜，看来此物在西晋确实绝迹了。直到北朝末期，冬韭才重现于宫廷。北齐武成帝高湛的后宫嫔妃，"衣皆珠玉,一女岁费万金,寒月尽食韭芽"。如此一来,皇上及其大小老婆的伙食有了新提高,只是那数千万的岁费恐怕是省不下了。好在当时没有审计署。

一到春天,韭菜便不那么金贵了,可以摆上普通人家的餐桌,因而历代诗人对韭菜多有吟咏。杜甫写过"夜雨剪春韭,新炊间黄粱",苏轼写过"渐觉东风料峭寒,青蒿黄韭试春盘"。不过,韭菜的表扬稿尽管不少,在传世诗作中,却难见对于冬韭美味的描述。因为这类稀罕物绝非穷酸文人所能问津,嘴里吃它不着,笔下自然也就写它不出。吃喝之事,单凭想象是无法描绘其精髓的,不像写八股文章。

东坡先生所说的"试春盘",为古代食俗。南朝梁宗懔《荆楚岁时记》对此有过交代:"周处《风土记》曰:'元日造五辛盘。正元日五熏炼形。'五辛,所以发五脏之气。"五辛盘因盘中装有五种辛辣蔬菜而得名。此五辛,有人说是葱、姜、蒜、韭和辣芥,也有人说是大蒜、小蒜、韭菜、芸薹和胡荽。不管哪个版本,韭菜都在其中。《风土记》所记述的是江南一带的民俗,那里气候温和,韭菜在冬天还可生长,因而不算稀缺。到了唐代之后,人们对五辛盘进行重组,增加了萝卜、生菜之类的温和派,在立春时以薄饼卷而食之,这就是春盘,即现在的春饼。

古人在一年开始时要吃五辛,是认为经过一个冬天五脏中积攒了许多浊气,要借辛辣之物祛除之,搞搞体内大扫除。不过,这一理论并非人人遵行,佛门弟子便要禁绝五辛。据说吃了这些东西,就会被饿鬼纠缠,难成正果。还有经书说,这五种辛菜,熟吃的话,会使人发淫欲心,生吃的话,容易使人生嗔恨心。这种说法并非毫无道理,因为韭菜还有别名起阳草或壮阳草,据说乃天然之"伟哥"。清修之士被"伟"之后,万一难以自持犯了淫戒,于己于人都是大大的不妥。因此,必须早做预案,防微杜渐。

凡夫俗子则不会考虑那么多,只是把起阳草当菜来吃,一种味道独特的菜。韭菜的一大特征,就是有一股强烈浓浊的味道,喜之者谓之香,厌之者谓之臭。清代美食家李渔则属折中派,他在《闲情偶寄》中说:"葱、蒜、韭三物,菜味之至重者也。……予待三物有差。蒜则永禁弗食;葱虽弗食,然亦听作调和;韭则禁其终而不禁其始,芽之初发,非特不臭,且具清香,是其孩提之心之未变也。"多数文人也持同一观点,对芽之初发时的春韭格外钟情,而非逢韭菜必吹嘘。

明清两朝正月的荐新礼中,尽管都有韭菜,但对于一般人家来说,冬韭仍为珍物。康熙时人所著《燕京杂记》云:"冬月时有韭黄,地窖火炕所成也。其色黄,故名。其价亦不贱。"不过,这不贱的韭菜对于不贱的执政者来说,着实算不了什么。据档案记载,乾隆十八年(1753)十二月二十日,乾隆爷下令让御茶房"伺候五辛盘",将葱、姜、蒜、韭、辣芥均切成细丝,合酱食用,还要配以甜黄酒。此时吃五辛盘,未免有点儿不合规矩,从时令上看还未立春,从程序上看还没让祖宗在正月首先尝到鲜韭菜,但是最高领导已然下令,必须照办,否则更是大大地不合规矩了。

　　天暖之后,韭黄也可露天植种,其味道比起蒜黄来,多了几分清香,少了一点辛辣。韭黄炒鸡蛋、炒肉丝,都是美味,还可包饺子、蒸包子。梁实秋先生曾在青岛吃过一次精致水饺,"饺子奇小,长仅寸许,馅子却是黄鱼韭黄,汤是清澈而浓的鸡汤,表面上还漂着少许鸡油。大家已经酒足菜饱,禁不住诱惑,还是给吃得精光,连连叫好"。这等精美吃食,宫中并不乏见,但享用者未必有兴致细细品尝,因为要操心维持山呼万岁之类的朝廷大礼。

葱之品格

　　中国蔬菜大家族之中，如果论资排辈，葱应该属于第一代元老。

　　据专家考证，葱的原产地就在中国西部和西伯利亚地区。由于占有地域优势，先秦时期，葱在餐桌上就有了名分。《礼记·曲礼》详细注明了当时的吃饭规矩："凡进食之礼，左殽右胾，食居人之左，羹居人之右。脍炙处外，醯酱处内，葱渫处末，酒浆处右。"大意为，服侍长者贵客吃饭要懂礼数,左边是带骨肉,右边是切肉;饭食置于客人左手边,羹汤则在右手边;切细的肉和烧烤的肉放得远些,醋酱等调料放得近一些;蒸葱作料放在醋酱左边,酒浆饮料放在右边。看来,当时上流社会吃饭的说道还挺多,并定有专门的服务守则。要不怎么说咱们是泱泱文明古国呢?

将醯译为醋,只是为了让人明白其滋味,其实两者的差别颇大。春秋战国时的醯,只是酸性调味品的泛称,发酵的肉汁、菜汁等都在此列,以后一段时间依然如此。《说文解字》对此说得十分明白:"醯,酸也。"有专家认为,以谷物为原料的酿造醋,大约出现在汉代之后,这也是中国的一大发明。西方的醋史也有几千年,不过其醋多以葡萄等水果为原料发酵浓缩而成,更接近于中国的醯。

从先秦餐饮服务守则中可以看出,大葱当时已然登上了餐桌,尽管位次排在最后,但毕竟也算风光了一回。要知道,莴苣、黄瓜、菠菜、豇豆这些个今日市场上的当红蔬菜,当时还在国门之外闲溜达呢,至于番茄、土豆、辣椒之类,还得过上两千来年才能在中土亮相,只能算第 N 代的小字辈。

　　除了出席正式宴会,葱还早早进入了军界。据《秦律·传食律》记载,当时秦军一般军士的伙食标准是,稗米半斗,酱四分之一升,同时供应菜羹,并"给之韭葱"。秦军当时被称为虎狼之师,打起仗来个个不要命,让六国军队肝儿颤,主要是因为商鞅先生制定了严酷的军令,战斗中砍掉敌军脑袋便可立功受爵,若后退自己的脑袋便要被砍掉,让将士只能死里求生。此外,秦军战斗力之强,与配给大葱恐怕也有关系。生葱具有很强的刺激性,养蝈蝈时,喂些葱叶,蝈蝈就会叫起来没个完,见人就开牙。虫犹如此,何况人乎?

　　不过,凡事都有限度,生葱吃多了也不行,非但成不了"虎狼",还会烧心,难受得很。这一点,一般人都有体会。隋末唐初时有一大将屈突通,据《旧唐书》记载,其人品德高尚,"通行刚毅,志尚忠悫,检身清正"。他原先受到隋文帝杨坚的信任，被提拔为右武侯车骑将军，后来被迫降了唐，又成为李世民手下的干将，大唐的开国功臣。屈突通当车骑将军时，"奉公正直，虽亲戚犯法，无所纵舍。时通弟盖为长安令，亦以严整知名。时人为之语曰：'宁食三斗艾，不见屈突盖；宁服三斗葱，不逢屈突通。'为人所忌惮如此"。三斗大葱吃下去，那会是什么感觉？看来，这屈突通办事确实不会通融，具有相当的威慑力，搁到今天，干干"纪检委"也挺合适。

　　葱在餐桌上的地位虽然不甚高，数千年来却始终有一号，能做到这一点也非易事。先秦时，已有人将葵、韭、藿、薤和葱这些中国本土蔬菜合称为"五蔬"。其中，葵是一把手，知名度颇高。《诗经》中便有"七月烹葵及菽"的记载，直到元代，王祯在《农书》中还将葵列为"百菜之王"。但此后其地位江河日下，到了李时珍撰写《本草纲目》时，已将葵从"菜部"开除，打入"草部"，并特地注明："古者葵为五菜之主，今不复食之，故移入此。"藿就是豆叶，古时是人们制作羹汤的主要原料,然而也早早退出了餐桌,只能喂牲口。薤即藠头,现在还有种植,不过多用来腌腌咸菜,聊胜于无而已。五蔬之中,唯葱、韭历千年而不衰,这与其特性密切相关。

葱之最大特点,就是善于掺和,与各路蔬菜大牌都能对付,却不抢风头。对此,前人早有认识。北宋陶穀在《清异录》中便说过:"葱和羹众味,若药剂必用甘草也。所以文言曰'和事草'。"由于能使各种菜肴增香去膻,葱又被古人称为"菜伯"。这一称号,与其资历地位倒是很相称。由于善于充当和事佬,故而无论宴会小吃,还是冷荤热炒,大都可见葱的踪迹。京城百姓家的鸡蛋炒饭,必要加些葱花儿提香;北京的炸酱面、成都的担担面、武汉的热干面,调料中若缺了葱,便会让人觉得不够地道,味道总是差那么一点儿。北方家庭中,一般都要备上几根大葱随时调用,而其他蔬菜则须换着样吃。由此看来,小角色在生活中也是离不开的。

　　吃面以葱增味，此法古已有之。北宋时，与黄庭坚、秦观、晁补之、张耒、李廌同为苏门六君子的陈师道，便在诗作中证实过此事。其诗曰："出门不雨即偶风，闭门值睡极力攻。似闻汤鼎作吟声，已贺胜敌收全功。邵思二子共一笑，拨弃旧语无新工。卒行好步不两得，能致公等吾何穷。魏诗黄笔今未有，顾我独得神所钟。径须相就踏泥潦，已办煮饼浇油葱。"此诗名为《招黄魏二生》，其实就是邀黄先生、魏先生二位来家吃顿便饭的请柬。请柬中的最后两句，换成今天的话就是，我这里面条都准备好了，还有油泼葱花，喷儿香。请二位千万别嫌道路泥泞，早点儿过来，早点儿开吃。嘻嘻！

　　此处提到的煮饼，是面条的古称，但在宋代似已不流行。《东京梦华录》记载北宋都城汴梁街头的饮食，对面条已经直呼其名，有生软羊面、桐皮面、插肉面、大燠面等各种名堂，但未见汤饼、煮饼之类的说法。陈师道仍用面条之旧称，是因为写的是诗体请柬，文辞需要雅训，若是写菜单、幌子，就不能这样了。不信，今天若有人开一家"兰州煮饼馆"，招牌没准都得让人砸了。不就是个拉面嘛，还故弄玄虚，蒙谁呢？因此，掉书袋也得找准场合，要是拉家常也跟读文件似的，忒招人烦。

历代文人与葱有关的著述，还有其他佳作。唐代饮馔颇重鱼脍，其做法和现在的生鱼片近似，但用的是河鱼。鱼片要切得极薄，然后配以调料食之，其中也需鲜葱帮腔。杜甫一次品尝鱼脍之后，写过一封诗体感谢信——《阌乡姜七少府设脍，戏赠长歌》。信中有云："姜侯设脍当严冬，昨日今日皆天风。河冻未渔不易得，凿冰恐侵河伯宫。饔人受鱼蛟人手，洗鱼磨刀鱼眼红。无声细下飞碎雪，有骨已剁觜春葱。偏劝腹腴愧年少，软炊香饭缘老翁。落砧何曾白纸湿，放箸未觉金盘空。"看来诗圣这顿饭吃得挺尽兴，故而表扬信写得情真意切，很有形象感。天寒之时仍有春葱现身，可见其时植葱已具相当水平。

中国肴馔之中，带有葱之名号的不少，如葱黄鸡、葱烧海参、葱烧蹄筋、葱爆羊肉等。还有些菜，大葱虽未署名，但也占有重要地位。北京全聚德的火燎鸭心即是一例。这道菜，有两项"核心机密"：一是鸭心下锅前要用各种作料煨好，其中必须有茅台酒，取其香气；二是成菜装盘时，要以细葱丝和香菜段围边，且事前要用香油、精盐、味精调拌均匀。这些葱丝、香菜绝非摆设，吃的时候要和鸭心一同送入嘴中，细细咀嚼，让鸭心的焦香、茅台的酱香、葱香与香菜的清香，在口腔之中融为一体。如此，才能品出其精华。

至于全聚德的烤鸭，吃时更离不开葱丝、面酱。虽然店家也准备了蒜泥、酱油、白糖、黄瓜，供人裹食烤鸭选用，但这些个吃法远不及葱酱伴食法那般浑厚，有点娘娘腔。这也不奇怪，以黄瓜、白糖与烤鸭肉裹食，当年就是为了适应大家闺秀的需要创制的。她们怕吃过葱后嘴里有味，参加派对时影响靓丽或是不甚靓丽的形象，但舍弃烤鸭美味又心有不甘。为了适应这类人的心理，店里遂想出这么个变通之策。

嫌葱食后留有异味的，不仅有无知少女，还有专业老男。大名鼎鼎的李渔李笠翁先生便是一个。他在《闲情偶寄》中，将葱、蒜、韭列为秽人齿颊及肠胃之菜，并申明三项基本原则："蒜则永禁弗食；葱虽弗食，然亦听作调和；韭则禁其终而不禁其始，芽之初发，非特不臭，且具清香，是其孩提之心之未变也。"

李渔生于明末，卒于康熙年间，其间还到过京城，寓所之一就在南城的韩家潭。此地后来进入"八大胡同"序列，成为著名的红灯区。笠翁先生虽然精通吃喝，但在京师时，全聚德和京城另一家烤鸭老字号便宜坊都还远未诞生，如果他有机会品尝一下烤鸭，对于大葱的评价也许会更正面一些。不过也不好说，人们多年养成的习惯是很顽固的，嫌弃大葱如此，拉家常读文件亦如此。想改都难。

葱在餐桌之上，偶尔也能唱一回主角。已故美食大家王世襄先生，拿手菜中就有一道海米烧大葱，做法为："黄酒泡海米,泡开后仍须有酒剩余,加入酱油、盐、糖各少许。大葱十棵,越粗越好,多剥去两层外皮,切成二寸多长段。每棵只用下端的两三段,余作他用。素油将葱段炸透,火不宜旺,以免炸焦。待色已黄,用筷夹时,感觉发软,且两端有下垂之势,是已炸透,夹出码入盘中。待全部炸好,推入空勺,将泡有海米的调料倒入,烧至收汤入味,即可出勺。"我曾照此试做过两次,味道不错,但是葱皮还是剥少了,口感有些粗糙。若能将三斗葱剥成一盘菜,想必更佳。

过去,老北京对想干点儿事而不为上司认可的人,往往会揶揄地劝上一句:"你当自己是棵葱,有谁拿你蘸酱吃?"真要赶上这种境况,您老这棵葱就认头吧。嘻嘻。

大蒜食经

中国的民间语言实在精辟。

过去北方农村流传着一句话:"青皮萝卜紫皮蒜,抬头老婆低头汉。"十四个字,就把四种厉害角色的外部特征勾勒出来了,而且合辙押韵,形色兼备,让人不能不服。青皮萝卜和紫皮蒜,都是同类中的佼佼者,辛辣;过去农村中的成年妇女,走路时挺胸昂头者,一般比较泼辣,遇事敢于出头为自己和他人讨个公道,因而被一些人视为难缠角色;

而平时不哼不哈，走路只看鞋尖前一尺，心里总在琢磨事的男人，也是需要防范的厉害人物，在本分的农民看来，这种人花花肠子太多，弄不好就被他算计了。浩然的长篇小说《艳阳天》中，对于抬头老婆低头汉，都有十分精彩的描写。

不过，这句话的应用范围只限于普通村民，出了圈就不灵光了。像村主任以及村主任以上的汉，没见有谁平时是低着头的，但个个都是厉害角色，不服也是绝对不行的。另外，把这句话搬到江南一带也不灵光，因为当地人很少吃蒜，自然也不会在意白皮蒜和紫皮蒜之差别。明清时，由于交通不便，各地饮食习俗少有交流，不少到京城当官谋职的南方人，对于北人的嗜蒜之风更是深恶痛绝，常常于诗词歌赋中大加鞭挞，不管那蒜是白皮的还是紫皮的。

明代万历年间的蒋一葵在《长安客话》中，便收录了陈大声描述京城"巷曲中人"即三陪小姐的词章："门前一阵骡车过，灰扬。那里有踏花归去马蹄香？绵袄绵裙绵袴子,膀胀。那里有佳人夜试薄罗裳? 生葱生蒜生韭菜,腌脏。那里有夜深私语口脂香? 开口便唱冤家的,歪腔。那里有春风一曲杜韦娘? ……"陈大声是明代有名的散曲家,长期居住在金陵,与秦淮河上惯于吟风弄月的歌伎们交往颇深,因而在北地碰上那些穿着棉袄棉裤、吃着生葱生蒜、满嘴粗俗语言的行内人士,自然难以承受,写篇批评报道并不算过分。谁叫顾客是上帝呢!

京城三陪人员穿着臃肿、嗜食生蒜之风,到了清末依然未改。曾在慈禧掌权时担任过军机大臣的瞿鸿禨的公子瞿兑之,在《枑庐所闻录》中便摘录了当时文人的一首竹枝词,嘲讽京城妓女的这一习俗:"茅檐灰壁挂琵琶,皮裤高盘炕上挝。却说客来休见怪,竟无新蒜点香茶。"喝茶竟要佐以大蒜,缺货时还要对顾客表示歉意,也不管上帝是否能接受,这种风气确实有点意思。当时的八大胡同一带,卖蒜的生意想来很不错。

不过,京城嗜蒜之风尽管屡受抨击,却始终未见禁绝。

因为卖蒜的生意不仅限于八大胡同，紫禁城中同样有市场，这可不是哪个文人敢随便批评的地方。明末太监刘若愚在《酌中志》中辟有专门章节介绍宫中饮食习俗，其中就有食蒜的具体记载。例如，在阴历四月，宫中要吃"包儿饭"，其做法是："以各样精肥肉，姜蒜锉如豆大，拌饭，以莴苣大叶裹食之。"到了八月，还要吃螃蟹，"凡宫眷、内臣吃蟹，活洗净蒸熟，五六成群，攒坐共食，嬉嬉笑笑。自揭脐盖，细将指甲挑剔，蘸醋蒜以佐酒，或剔蟹胸骨八路完整如蝴蝶式者，以示巧焉。食毕，饮苏叶汤，用苏叶等件洗手，为盛会也"。若是有人要搞什么明代御膳，不妨就从螃蟹蘸醋蒜开始，虽然其技术含量不高，但起码是见诸文字的，不算瞎掰。

　　包儿饭，也称"包"，是满族人的传统食品。金寄水先生在《王府生活实录》中回忆，旧时每到中秋之前，北京的大白菜开始上市时，京城的满族人，便要买来用白菜叶子吃"包"，其中还有故事。据说在清太祖努尔哈赤以"十三甲"兴兵初期,一次被敌围困,全军绝粮,他命部属捡拾菜叶,包着野果野菜充饥,继续坚持战斗。不久,破敌突围。此后,所部日渐壮大,领土增多,但仍以菜叶包食物作为满族食品,大概也有忆苦之意。金先生还认为,明代宫廷吃"包"之风,就是万历年间从东北满族那里引进的。这一点,倒是值得商榷。

刘若愚在谈及明宫吃包儿饭的风俗时,确实说过一句"辽东人俗亦尚此",但是此处所指的辽东应是明朝的领地,而非后金的疆域。设想,如果镇守辽东的大臣们信息灵通,连努尔哈赤平时好吃点儿什么特色食品都打探得一清二楚,并将其呈报朝廷供圣上改善膳食之用,又何至于一出兵就找不到对手,屡战屡败,连江山都保不住了呢?退一步说,即便明宫的包儿饭确实借鉴了努尔哈赤的天才发明,也属于脱胎换骨的"升级版":一是外包装不用白菜叶子而用莴苣叶子,口感明显会好得多;二是馅料更精细,同时又有姜蒜调味,味道也会更佳。如今东北地区仍有包儿饭，但很少有使用大蒜的，因此以蒜调味应该算是明代宫廷首创。明末的皇帝几乎个个都是混球儿，炼丹的、敛财的、宠信太监的、亲近奶妈的，什么货色都有，而且个个不听大臣规劝，有点"混不吝"的劲头。因此，这些人完全有可能将大蒜引入御膳，尽管其口碑不佳。这样一来，倒是为大蒜提供了展示才艺的舞台，也算是歪打正着。

　　大蒜之所以饱受诟病，并非全无道理。尽管营养丰富，医用价值甚高，但大蒜的毛病也十分突出，辛辣不说，还有一股强烈的气味，而且丝毫不加掩饰，这自然让许多人感到不快。其实，如果掌握其习性，驾驭得当，大蒜是可以成为很好的食材甚至美味的。

　　《齐民要术》中收录了魏晋时期不少菜肴的制作方法，其中便有一道"八和齑"。所谓"八和"，就是八种原料，排名第一的就是大蒜，此外还有生姜、橘皮、白梅、熟栗黄（即栗子肉）、粳米饭、盐和酢（醋）。制作八和齑时，要用檀木做捣齑的杵和臼，人要直立着急速地舂，因为舂慢了就会蹿出荤臭气。使用的大蒜也有讲究,要剥净蒜皮,去掉底上的根瘢,否则味道会发苦。如果是腌泡过的大蒜最好,可以剥皮直接用;如果是生蒜,则需要在七八十摄氏度的鱼眼沸汤中焯一下,然后使用。制齑时,先将白梅、生姜、橘皮捣成粉末,盛到容器中,然后将栗子肉和粳米饭捣软熟,再分批将生蒜放入捣碎,之后放入焯过的半熟大蒜再捣。齑捣熟了,下盐再舂,舂到起泡沫。然后加入已捣好的白梅、生姜、橘皮粉末再舂,待到各种原料调和均匀后,最后放入好醋调味。此齑的制作程序之所以如此繁复,是白梅等如不先捣,就不会熟;如果一开始便和大蒜混在一起捣,原味就会被克杀掉,再也没有香气,所以要在齑快舂熟时放入大蒜。从这段描述可以看出,当时人们对于大蒜的本性已十分清楚,因此在加工时十分注意去其弊端,留其长处,以更好发挥其功用。

在国外,大蒜也处于毁誉参半的境况。据说英国女王伊丽莎白二世对于大蒜就深恶痛绝,因而她在出国访问时,随行人员都要特意交代相关国家在准备餐饮时绝不能使用大蒜。不过,也有许多厨师将大蒜作为烹调的必备用品。据《美食的最后机会》一书介绍,19世纪末欧洲有一名厨埃斯考菲耶,撰写过一本《烹饪指南》,书中收录了五千多道菜,其中以鸡蛋为原料的就有五百四十六种,而埃斯考菲耶本人做的炒鸡蛋也十分鲜美,无人可及。曾有一贵妇多次询问其制作秘诀,但是他总是避而不答。其实,窍门很简单,就是在鸡蛋炒熟时,用叉子叉入一瓣大蒜,然后将鸡蛋搅拌一下,如此鸡蛋的味道就不一般了。由于当时上流社会厌恶大蒜,埃斯考菲耶自然不敢将这秘诀公之于众,否则饭碗难保。我曾比照这一秘方实践过两次,将一瓣新蒜斩成细蓉加入打好的蛋液,再按常规炒制,结果一盘鸡蛋全被众人吃光,据反映味道确实很鲜。

据资料记载,《纽约时报》曾在1992年2月10日刊登文章,介绍微波炉烤大蒜的具体做法。原料为大蒜一头,鸡汤四分之一杯,橄榄油一汤匙。先将大蒜剪去头部,露出蒜瓣,然后放入容器,加入鸡汤和橄榄油,用保鲜膜包好,放进微波炉,高火烤四分钟,放置五分钟(若用低火,则需烤七分钟,同样放置五分钟),之后便可食用了。吃时剥掉蒜皮,将大蒜抹在干酪或饼干上食用。看来,《纽约时报》即便在介绍生活常识时也很注意秉持平衡原则,尽管大蒜受到种种非议,仍给其留下了一片空间。

微波炉烤大蒜的做法未免有些简单,中国烹制大蒜的花样则更多些。以川菜为例,大蒜烧肚条、烧鳝鱼、烧鲇鱼,都很有味道,最有特色者则为干贝独头蒜。将十几二十颗大个儿独头蒜(独头蒜似乎都是紫皮的)剥皮洗净,入锅略炸至表皮微黄,然后码在稍深的盘中,加入发好的干贝和鸡汤,入锅急火蒸十分钟左右即成。蒸后的独头蒜外表光洁,里面浸透了干贝和鸡汤的鲜味,辛辣之味荡然无存,入口甘甜软糯,堪为一绝。我多次用来招待客人,常有轰动效应。

八和齑是用以配食脍即生鱼片的,这可是孔老先生的最爱，并留下了"食不厌精，脍不厌细"的名言。不过，他在食脍时最多只有"七和齑"佐餐，因为其时大蒜还没有进入中国。孔圣人若有机会与大蒜零距离接触，并在"不撤姜食"之后加上句"不撤蒜食"，后世对于大蒜的抨击也许会收敛些。但是，万一他老人家臭来劲儿，非要说什么"不近蒜食"呢？大蒜可就更惨了。面对种种议论，大蒜若有发言权，没准儿会大吼一声："老子就是这个德行，你要怎样？"

大话稀粥

"一粥一饭，当思来处不易。"这是中国过去的治家格言。根据《周书》的说法，这粥与饭的发明人，都是老祖先中的一把手——黄帝。他老人家在治理天下之余，十分关注民生，一边"蒸谷为饭"，一边"烹谷为粥"，于是后人沾了大光，餐桌上终于有干有稀，品种齐全了。至于此前的芸芸众生吃的是什么，炒崩豆、爆米花儿，还是烤芋头？不详。估计还是有饭的吃饭，没饭的喝粥，只是没有加贴"轩辕氏股份有限公司出品"的标识罢了。

虽说一粥一饭都被添上了高贵出身,但当初两者地位却是天上地下。商周时,吃饭者无非王公贵族,喝粥者多为庶民奴隶,因为粮食不富余,只能先尽着领导。此风直到战国时犹存。《孟子·滕文公上》中便有"君薨,听于冢宰。歠粥,面深墨,即位而哭,百官有司莫敢不哀,先之也"。这段话是说孟子告诉尚未即位的滕文公,怎样为他"薨"了的老子滕定公守孝才算合乎礼制。大概意思是,君主去世,太子要将一切政事委托首相去料理,自己要喝粥,还不能洗脸,弄得黑不溜秋的最好。来到孝子之位时就得号哭,如此大小官吏也就没人敢不悲哀了,因为太子带了头。孟子还说,如此这般之后,大家就会认为你明孝懂礼,上台后便有了印象分。从这段话中可以看出,当时的社会上层,只有死了老子娘时才喝粥,以示孝道,反之可证,这些人平素就是吃干饭的。

古时候,吃饭者与喝粥者所用炊具也不一样。当时做饭的主要家什是夹砂陶器，干烤很容易炸裂，因此做饭要用甑、甗等原始蒸锅，把米蒸熟，而熬粥的器具多为鬲。鬲的最大特点是下面有三条腿，中间是空的，"足中空不实者，名曰鬲也"。由于腿粗，鬲显得胖乎乎的，没有骨感。不过作为炊具，其实用性却很强，三条粗腿可以容纳水米，增加了受热面积，熬起粥来省时省火，只是清洗起来比较费力。奴隶外出劳作，主人只需发个鬲，给点米，由他们在田间地头找点树枝、干草，便能咕嘟咕嘟把粥熬起来，倒也省事。

由于鬲之容量一般只够一人填满肚子，因此一个奴隶也被称为一鬲。西周大盂鼎的铭文中，便记载了周康王对贵族盂的赏赐："锡汝邦司四伯，人鬲自驭至于庶人六百又五十又九夫。锡夷司王臣十又三伯，人鬲千又五十夫。"郭沫若先生在《中国史稿》中对此的解释是，"人鬲"也简称"鬲"，和"黎""仪"等字是同音字，和古书上的"民仪""黎民"同义。鬲本是一种炊具，那时的奴隶主用"鬲"来称呼奴隶的原因,大概是取其黑色。在日下劳动的人被日光晒黑了,也就像鬲被火烟熏黑了一样。周天子一次便赏赐手下"人鬲"一千七百有余,可见当时喝粥者确实不少,如此方能供养"非人鬲"之流有滋有味地活着。

　　大约汉代之后,粥的地位才有了提高,开始进入上流社会。西汉时阳虚侯的丞相赵章得了一种怪病,饮食咽下后总会吐出来,看着好饭好菜只能干饿着。这滋味确实不好受,于是赵章请来名医淳于意把脉诊治,最后断定是酗酒引发的"迥风",没治了,而且五天后必死。孰料赵章死是死了,却是在十天之后。淳于意觉得很没面子,便对赵某人的饮食起居进行全面考察,最后说,按医理该人确实应该五天后死,但由于他喜好吃粥,胃中充实,故而又多活了几天。有此说辞,名医的名气自然越发大起来。从《史记·扁鹊仓公列传》中的这段记载可以看出,当时领导干部已有喝粥的,而且有人懂得这本来是"人鬲"的吃食于健康甚为有益。

喝粥既然不再辱没身份，且能益寿延年，于是文人们便纷纷喝将起来，之后还要写诗拽文，展示才艺。苏东坡便写过《豆粥》诗："君不见滹沱流澌车折轴，公孙仓皇奉豆粥。湿薪破灶自燎衣，饥寒顿解刘文叔。……我老此身无着处，卖书来问东家住。卧听鸡鸣粥熟时，蓬头曳履君家去。"这诗里带有典故，说的是刘秀（文叔）起兵时曾被强敌追得乱窜，跑到河北滹沱河下游的饶阳无蒌亭时，已是饥寒交迫。幸亏手下大将冯异（公孙）四处踅摸，弄来点豆粥，才使刘秀小有温饱。后来刘秀当上皇帝，赐给冯异大量珍宝钱帛，并下诏说："仓卒无蒌亭豆粥，滹沱河麦饭，厚意久不报。"看来，只要踅摸准投资对象，两碗豆粥也能有超级回报，比巴菲特还强。

陆游与苏轼也有同好，认为"豆䕽从来味最长"。他还专门写过"粥颂"："世人个个学长年，不悟长年在目前。我得宛丘平易法，只将食粥致神仙。"这是陆游的经验之谈。他长期天南地北四处窜，喝酒，喝完了还骑个毛驴在雨中吟诗,还和唐琬闹了那么多年的情感纠葛,既劳心又劳力,结果还活了八十五岁。若不是经常喝上两碗粥养生,身子骨恐怕早不行了。

粥食不但可救驾益寿,还能改善人际关系。《红楼梦》中林黛玉与薛宝钗之所以结束"冷战",即与粥有着密切关系。宝钗见黛玉身体不好,便劝她少吃补药多喝粥:"每日早起拿上等燕窝一两,冰糖五钱,用银铫子熬出粥来,若吃惯了,比药还强,最是滋阴补气的。"宝钗还应承从家里弄些燕窝来,免得黛玉不好意思跟贾府张口。如此体贴关照,任凭林妹妹再厉害也不能耍小脾气了。有医学专家根据《红楼梦》中的有关描述考证,林妹妹反复咳嗽、咯痰、喘息、消瘦、午后潮热、两颧潮红、面如桃花,后来又痰中带血甚至大口吐血,说明她患的是肺痨,而且偏于阴虚,而燕窝正好能够养阴润燥,化痰止咳,又是中药中至平至美者,常吃也无毒副作用。曹雪芹确实有学问,大事小情都能说得有板有眼,不服不行。

不过,宝姐姐给林妹妹开出的滋补粥方,当年只能供荣宁二府的夫人小姐们享用,如今更是非大富大贵者绝难效仿。一天一两燕窝,总要三五百元,够一般人家喝一年白米粥了。好在世上还有其他粥方,属于价廉物美一类,喝白米粥的人家也可尝试。明代李诩所撰《戒庵老人漫笔》中,便有一例:"神仙粥方,专治感冒风寒暑湿之邪并四时疫气流行、头疼骨痛、发热恶寒等症,初得一二三日,服此即解。用糯米约半合,生姜五大片,河水二碗,于砂锅内煮一二滚,次入带须大葱白五七个,煮至米熟,再加米醋半小盏,入内和匀,取起,乘热吃粥,或只吃粥汤亦可。即于无风处睡之,出汗为度。此以糯米补养为君,姜葱发散为臣,一补一发,而又以酸醋敛之,甚有妙理,盖非寻常发表之剂可比也。"李诩还强调指出,此粥方"屡用屡验,不可以易而忽之"。

如若嫌神仙粥过于民间,缺少说道,还有别的可供参考,像什么山药粥、酸枣粥、荆芥粥、麻子粥、椒面粥、桃仁粥、马齿苋粥、羊骨粥、羊脊骨粥、猪肾粥、鹿肾粥、枸杞羊肾粥等。这些粥方均载于《饮膳正要》一书，作者忽思慧做过元朝宫廷的饮膳太医，因此它们应该与一位或多位大元皇帝有过零距离的亲密接触，出身相当高贵。其中枸杞羊肾粥的做法是："枸杞叶一斤；羊肾二对，细切；葱白一茎；羊肉半斤，炒。右四味拌匀，入五味，煮成汁，下米熬成粥，空腹食之。"据悉，此粥"可治阳气衰败，腰脚疼痛，五劳七伤"。不过，据专家考证，这些个粥的创制者，其实也是民间"人扆"之后代，只是因其有效，才被贴上了"御用"标签，高贵起来。世上之事，往往如此。

曹雪芹所写的钗黛粥事，一些细枝末节也有所本。比如用银铫子熬粥就是清代宫廷的规矩，此外还有其他讲究。据资料记载，清宫帝后所喝之粥，要由专人泡米、挑米。如果用薏仁米，还必须先用小铁片将米中的黑脐抠掉，再用竹签把残余的黑色痕迹清理干净，之后方能入锅。皇上、娘娘和太后进膳时，每餐必须准备四种粥，吃不吃另说。其中老米粥和白米粥为必备品种，此外还要在薏仁米粥、香稻米粥、粳米粥、江米粥、玉米糁粥、小米粥、绿豆粥、腊八粥、豆汁、豆浆之中，轮换准备两种。煮粥时，先要用铜铫煮水，水开后过滤，然后移入银铫子中煮粥。如果煮薏仁米粥，熬好之后，还要将米汁滤出不用，再兑入粳米汁，如此味道才好。

不过，这些穷讲究也有讲不通的时候。庚子年的七月廿一日（1900 年 8 月 15 日），慈禧和光绪为躲避战乱，仓皇逃离北京。廿三日抵达河北怀来时，已是两天水米没沾牙。县令吴永本来为圣上、太后备了几桌酒馔，不幸被溃兵抢去，临时现熬的三锅绿豆小米粥，也仅剩下一锅。太后闻知，立即命吴永将粥送入房中，"俄闻内中争饮豆粥，嗻喋有声，似得之甚甘者"。嗻喋，本来是形容成群的鱼或水鸟吃食的声音，此处用来描述饥肠辘辘的老佛爷喝粥时的呼噜呼噜声，似乎还嫌轻了一点。喝粥之后，老佛爷还要吃鸡蛋，把吴县令好不容易寻来的五个煮鸡蛋，一下子干掉了三个，才算罢了。这时候，什么铜铫子煮水、银铫子熬粥、薏仁米去黑脐之类的规矩，全都一边待着去了。这也正常，这些臭规矩，本来就是吃饱了撑的主儿弄出来的，一旦陷入水米不继的境地，不管什么人，也只能把填饱肚子作为第一要务。

《戒庵老人漫笔》中，还收录了一首《煮粥诗》："煮饭何如煮粥强，好同儿女熟商量。一升可作二升用，两日堪为六日粮。有客只须添水火，无钱不必问羹汤。莫言淡薄少滋味，淡薄之中滋味长。"粥中滋味，确实深远而悠长。

锅巴往事

所谓锅巴者,乃焖饭时紧贴锅底的一层略带焦煳的饭粒也。

锅巴不算正经饭,刚出锅时除了味带焦煳,口感也不好,发艮,硌牙。如果主人待客时将锅巴混在饭中端上餐桌,等于宣告家中余米无多,是一件很丢面子的事情。不过,锅巴好歹也是粮食,具备充饥功能,因此过去一般人家都舍不得将其随意抛弃,总要设法加以利用。

　　想当初,我们祖上也算是殷实大户,在老家有房有地,还开了两家药铺,餐餐有大米饭可吃,很不错了。即便如此,家里人对于锅巴仍旧十分珍惜。据老爹回忆,他小时候,家里吃完饭后,都要把锅巴用小火烘焦,起出来,卷成一卷,存着。烘干的锅巴是不会坏的,不发馊,不长霉,攒够一定数量,就用一具小石磨磨碎,放起来。磨碎的锅巴还有个专门的名称,叫"焦屑",用开水冲冲,就能吃了。焦屑调匀后呈糊状,有点像北方的炒面,但比炒面爽口。这种用锅巴制成的食品,因其食用简便,故而常被当作躲避祸乱时的应急之物。

　　逢到时局动荡,锅巴确有活人性命之功效。据《世说新语》记载,东晋末年,曾任吴郡(今江苏省苏州市)主簿的陈遗是个孝子,因为老娘喜欢吃锅巴,于是他每天煮饭过后都将锅巴积攒起来,用布袋装好,定期寄送给母亲。一次遇到战乱,陈遗随军征讨叛军,结果战败,溃逃至山中的军士多因缺粮而饿死,陈遗却靠着一袋来不及送给老娘的锅巴活了下来。人们认为陈遗能够活命并非偶然,实乃全心全意奉养老娘的"纯孝之报",陈遗遂被评为道德楷模。

陈遗之母可称"锅巴老娘",与之对应的还有一个"锅巴老爹",这就是明末清初时的江南名士黄周星。黄周星字景虞,号九烟,崇祯十三年(1640)考中进士,还当过两天户部主事,后由于战乱,避居乡野,养出了毛病。据《清稗类钞》记载:"九烟喜食铛底焦饭,人呼为锅巴老爹,欣然应之而赋诗。其一云:'灶养幸无郎将号,锅巴犹得老爹名。儿曹相笑非无谓,惭愧西山有此生。'其二云:'学仙恨少休粮诀,吓鬼空多啖饭身。如此老爹应饿煞,锅巴敢望史云尘。'其三云:'隔江船尾竞琵琶,金帐宁知雪水茶。新妇羹汤多得意,老爹自合嚼锅巴。'其四云:'哺亲焦饭记前贤,苦节多存感慨篇。莫道锅巴非韵事,锅巴或借老爹传。'"四首诗,首首带着锅巴,而且都有典故,也算难得。第四首中的"哺亲焦饭",说的就是陈遗的事迹。若无这种追慕前贤的精神境界,"锅巴老爹"恐怕也坚持不了太长时间。

有意思的是,黄九烟虽以"锅巴老爹"自诩,享有名声却是因为拒食锅巴。康熙十九年(1680),黄九烟在七十岁时被清廷征召为官,为了表明自己不事二君的决心,"锅巴老爹"竟然绝食七日而死,并在绝命词中宣称:"三十七年惭后死,今朝始得殉先皇。"检讨自己活的年头太长了,应该早点儿跟随在景山歪脖树上吊死的崇祯皇帝,一了百了。这纯粹是吃锅巴闹的。若是黄老先生有机会参与公款吃喝,不时整点儿燕窝、鱼翅香香嘴,虽说有罹患"三高"的危险,但总不至于如此看轻生命。可见,锅巴着实害人不浅。

不过,这些说法只是局外人的臆测。真正需要吃锅巴的人,很难有如此复杂的感想,只是存着填饱肚子的念头。四十多年前,我们一帮同学到山西插队时,便有过这种体会。初到农村,大家马上体会到了饥饿的滋味。尽管插队第一年每个知青每天还有一斤三两的粮食供应,但这是带壳带皮的原粮,加工成米面后只余一斤上下。大家干的是推车挑渠之类的重活儿，这点粮食根本不够填饱肚子。因此，每次吃饭，多数男生吃完按人头分配的窝头（经常有）、馒头（偶尔有）和菜汤（只有几个油星）后，仍不肯离去，等待打扫战场。厨房中的剩余物资多为棒子面粥，女生一般只喝一碗，多余的便由男生瓜分了。有一同学一顿能添四大碗，虽说顶不了多长时间，毕竟能先混个水饱。再有就是锅巴，小米饭分配完之后，大师傅便把锅盖敞开，用小火将锅巴烘干。等到厨房传出锅铲咔嚓饭锅的声音时，大家立即冲向灶台，手捧一大块焦黄的锅巴，慢慢品尝，那香酥脆爽的滋味，至今令人难忘，比起现今的汉堡包、比萨饼来要强得多。"饥时吃糠甜如蜜"，信然。

　　锅巴也能登上大雅之堂。20 世纪 30 年代，国民党大佬陈果夫曾兼任过一段江苏省主席，其间在整理江苏菜上花费了不少功夫，并搞过一次各地苏菜精品展示，有六合鱼嵌肉、南通清汤鱼翅、如皋火腿冬瓜盅、扬州狮子头、镇江肴肉、南京冬笋炒菊花脑、无锡肉骨头、苏州炝活虾等三十多种珍味。压桌菜则为陈果夫本人"研究"出的"天下第一菜"——锅巴虾仁。先把鸡汤煮成浓汁,勾轻茨;虾仁、番茄爆火略炒后加入鸡汁;将锅巴油炸后放入盘中;趁热浇上勾过茨的鸡汁番茄虾仁;"刺啦"一响,大功告成。此菜色、香、味、声悉备,确实很有特色,但是说由陈果夫创制,则未必。因为全国各地的许多餐馆都有这道锅巴菜,所用配料除了虾仁,还可使用海参、鱿鱼、酸菜等物。北京康乐餐厅的名菜"桃花泛",其做法便与"天下第一菜"相仿,所用的青虾仁剥好后,还要用盐水洗一下,以使其脆而不软。当年康乐的女掌灶常静,就是凭借桃花泛等菜肴,摘得了全国最佳厨师的桂冠。锅巴故事,耐人寻味。

面之高下

中国的面条如今可是一个大家族。

据说，光是陕西的面条就有近千种花样，什么臊子面、旗花面、麻食面、酸汤面、油泼面、血条面……，细者如发丝，粗者似腰带。其他地方的，名堂也不少。

如今人们吃顿面条实在不算什么，一千多年前情况却大不相同，面条正经是稀罕物，有时连候补一把手都吃不上。此候补一把手就是李隆基，后来的唐玄宗。李隆基在家里排行老三,原配夫人姓王,是他在当临淄王时娶的。
这王氏十分贤惠,还有胆识,曾经为李三郎扫除政敌出过
不少主意,因此等到李隆基登基之后,随即册封王氏为正
宫娘娘,就连老丈人王仁皎也跟着沾光,"历将作大匠、太
仆卿,迁开府仪同三司,封祁国公"。开府仪同三司在唐代
是一品文职散官的封阶,虽然只是虚职,但地位相当显赫。
王仁皎在开元七年(719)死后,唐玄宗还下令由财政拨款
为其办理丧事,并亲笔书写碑文,颂扬老丈人的光辉业绩。
这些,在《新唐书》《旧唐书》中均有记载。

　　然而,随着天下逐渐太平和身边的小妞越来越多,李
隆基逐渐对王氏冷淡起来,还萌生了废后之心。王皇后见
势不妙,遂开展了忆苦思甜教育,哭着对老公说:"陛下独
不念阿忠脱紫半臂易斗面,为生日汤饼邪?"阿忠,是王皇
后对其父王仁皎的称呼。汤饼,就是面条。半臂,则是套
在长衫外面的短袖罩衣,在唐初曾颇为流行,开始是朝臣
们的穿戴,后来则成了女装。留存于世的一些唐代壁画或

陶仕女俑身上,还能看到半臂的样子。将短袖衫套穿在长袖外面,是这两年北京青年男女的流行穿着,却很少有人知道这种花样一千多年前即有之。这等创新,世上其实还有很多。

王皇后的这句话如译成歌行体,大约是:"人家的生日都吃面,三郎兜里没有钱。阿爹脱下了小褂子儿,给我夫君把面换。唉唉唉唉,把呀把面换!"可套用《白毛女》中的曲谱吟唱之。

从王皇后之言可以看出,当时人们过生日已经讲究吃面条了,而李三郎一度混得相当惨,连吃碗寿面也得靠老丈人接济。

唐代官制,三品以上大臣即部级干部才有资格穿紫色官服,级别较低的官员只能服绯,这些人若想红得发"紫",必须经最高领导特批,如此方可在着装上享受部级待遇。王仁皎以前的官职为果毅都尉,最高不过五品,因此其紫半臂也应是某位皇上赏穿的。他能将这件尊贵的小褂子卖掉,让穷女婿过生日时好歹吃上碗面,家境想必也不宽裕。因此,李隆基听了王皇后这番话,"悯然动容",废后之事缓议。看来,面条还是有些感召力的。

不过,王皇后在开元十二年(724),还是被废为庶人,罪名是参与了其孪生兄弟王守一的"厌胜"之事,对皇上有所不利,这真是说不清道不明的事情。王守一也被剥夺太子太保等官衔,流放到外地,途中又被圣上赐死。这也不奇怪,此时的李三郎已是万乘之君,庭前皆佳丽,腹中尽膏粱,区区一碗面条何足道哉。王氏维系老公的那点资本已大大缩水,其命运只能任人摆布了。看来,面条的感召力终究有限。

唐代的宫中确乎有面条供应。据《唐六典》记载,当时光禄寺供应百官的膳食中,"冬月则加造汤饼及黍臛,夏月加冷淘、粉粥"。冷淘,就是凉面。当时市面上还有一种槐叶冷淘,就是用槐树的嫩叶挤压出的汁液和面做出的凉面。

明代皇宫之中，吃面已成制度。万历、天启年间在宫中充任太监的刘若愚，在其所著的《酌中志》中，对此有着明确记载，说是宫中五月"初五日午时，饮朱砂、雄黄、菖蒲酒，吃粽子，吃加蒜过水面"，六月"初六日，皇史宬、古今通集库、銮驾库晒晾。吃过水面，嚼银苗菜，即藕之新嫩秧也"。吃面条配嫩藕芽，口感一定不差，想想嘴里都有一股清香味儿。可是，吃粽子搭面条，还要加上两瓣大蒜，那会是什么光景？看来，宫中饮食也不可迷信，什么货色都有。

中国面条繁衍到今天，形成了"五大名牌"，即北京炸酱面、山西刀削面、广东伊府面、四川担担面和武汉热干面。其实，各地还有不少佳品，像兰州的牛肉拉面、贵阳的肠旺面，都很有吃头，只是由于地处偏远，过去不为人熟悉罢了。如果论选料之讲究，烹制之精细，超出"五大"者不知凡几。过去北京富贵人家夏至时吃的"全卤面"就是一例。吃这碗面，要在夏至前一天，先用慢火将猪、牛、鸡、鸭诸物煮出浓汤，等到正日子再将燕窝、银耳、金针、鱼翅、海参之类投入汤中,加料酒、酱油,以小火熬之。等到锅开三滚之后,勾芡,再将打好的鸽子蛋浆缓缓注入卤中。最后以铁勺炸花椒油热泼于卤上。如此,全卤才算大功告成。这等吃法,绝非一般百姓所能问津,因此全卤面虽然很高贵,却难以进入"五大"之列。

"五大"之所以成为"五大",在于其平民气十足,一般人家皆可为之。就像通俗歌曲,大家都能哼哼几下,故而能够流行开来。不过,虽说这些个面条很"通俗",但制作也有一定之规,不能乱"哼哼",否则就成了下三烂。

拿四川的担担面来说,相传它是自贡一个叫陈包包的小贩首创,因最初是挑着担子走街串巷售卖,故以此名之。其配料有红酱油、化猪油、麻油、芝麻酱、蒜泥、葱花、红油辣椒、花椒面、醋、芽菜、味精等十多种,也有人在其中添加炒猪肉末甚至豌豆尖,以提升档次。传统的担担面讲究面细无汤,麻辣味鲜,要达到这一水准,花椒面绝不可少。制作花椒面,要选用上好的生花椒,最好是当地的大红袍,以微火将其焙干,碾细即可。调料之中稍加一点花椒面,滋味立即丰富起来。我们家老头儿,当年早餐几乎天天吃担担面,做面必加花椒,且对不通此道者甚为鄙夷。有一年春节,时任国家主席的杨尚昆来到东安市场的一家餐馆体察民情,看到有一家人正在吃担担面,就随口说了一句:"担担面一定要加上些花椒,味道才好。"老头儿从电视中看到这一段,不禁大叫:"快来看,杨尚昆懂得吃担担面要加花椒! 要得!"这"要得"两个字,说的还是四川话,很有麻辣味儿。

北京的炸酱面也有许多说道。首先要选酱,全用黄酱太咸,单用甜面酱又偏甜,而且不香,要黄酱和甜面酱各占一半才好。比例确定之后,还要选厂家,黄酱要前门外六必居的,甜面酱则以西单天源酱园所产为佳,光是买这点酱,就得跑上小半个北京城。炸酱所用之肉要肥瘦参半,用刀切成细丁,最好不用肉馅儿,因为没有咬头。炸酱时不能添水,要用小火慢慢干炸,时以锅铲推搅,直到酱香入肉,肉味入酱,才算大功告成。吃炸酱面配搭的各色蔬菜即面码,也有门道。要有青豆嘴儿、黄豆嘴儿、白菜丝、掐菜、菠菜、韭菜段、小胡萝卜丝、黄瓜丝、芹菜末、香椿末,共计十样。前六样吃前还需在滚水中焯一下。这些东西虽然不算金贵,但因出产时令不同,凑齐了也不那么容易。实在不行,调减几样也是可以的。再不行,洗根顶花带刺的黄瓜,拿在手中直接就面吃,也还凑合,且别有一种豪迈之气。但是绝不能白嘴吃面。老北京把不带面码的炸酱面叫"光屁股面",一听这称呼,便知他们对这种吃法是何等不屑。

一位祖上是镶黄旗的朋友宣称,炸酱面是八旗后人发明的。这些人有钱时,顿顿饭要七大碟八大碗,等到吃光了家底儿,还要硬撑架子,于是在吃面时便弄出了各种花样,将各种面码一一放入小碟之中,使餐桌上碗碟总量好歹保持原有水平。经过多年捣鼓,遂有了今日之北京炸酱面。此说不见官方史料,却可从民谚中觅见一些踪迹。清末民初时,北京的八旗子弟没了铁杆庄稼,连吃窝窝头都困难,但是逢到客人拜访,总要想方设法弄出几样菜,不能太寒酸。当时京城中流传着一句民谣:"白菜帮子萝卜皮,凑合凑合一顿席。"所说的就是这号人。而穷了一辈子的升斗小民,是绝少有兴致折腾这些花样的。

即以炸酱面为例,对于北京许多平民来说,光屁股面已属美食,有酱有肉,滋味醇厚。等而下之的面条其实还有很多,例如炸酱油面。其做法极简单:葱花炝锅,倒入酱油,见开即可,拌面食之。若能加些白菜丝,则更好。这样的面条实在过于简约,故有关京城旧俗的文章中从未有过记载。然而,这是许多北京平民的日常吃食。三十多年前我在山西工厂当工人时,曾蒙胡同里长大的北京同乡热情相邀,品尝过一两次炸酱油面。其味之美,至今难忘。

当时,我们整天与"钢丝面"为伍,调料只有粗盐酸醋。将高粱面拌湿后放入类似绞肉机的设备中挤压成粉条状,这就是钢丝面。这种面只可蒸食，一下锅便成了糊糊。在这种生存条件下，有一碗炸酱油拌白面条可吃，如何不是人间至味？

人之境况，往往决定着面之高下。

吃醋的代价

中国的许多词语，后面都有故事，比如说"吃醋"。

据说此故事发生在唐朝。太宗李世民看到宰相房玄龄工作辛苦，打算调拨几名美女伺候其生活起居，无奈房夫人屡屡作梗，好事总是办不成。于是太宗让皇后请房夫人入宫谈心，说是赐给高干媵妾乃朝廷制度，如今房玄龄年暮体衰，圣上想特别关照他一下，你就应允了吧。但房夫人还是坚拒。于是太宗让皇后传话说："若宁不妒而生，宁妒而死?"并叫人送上一壶"毒酒",让她当即抉择。没想到,房夫人"宁妒而死",接过"毒酒"一饮而尽,"无所留难"。这下子就连李世民也没辙了,于是发出感慨:"我尚畏见,何况于玄龄。"

此事见于唐人笔记《隋唐嘉话》,不过文中未点明太宗送上的"毒酒"究竟为何物。后来有高人据此发挥,将"毒酒"定为食醋,于是"吃醋"便有了另一重含义:"产生嫉妒情绪(多指在男女关系上)。"(《现代汉语词典》)此说流传至今。

此事尽管见诸白纸黑字,却未知真假。说起来,李世民和房玄龄的关系确实非同一般,他让房玄龄当了十多年的宰相,下令在表彰开国功臣的凌烟阁上供奉其画像,在房玄龄晚年病重的时候,还特地传旨凿开宫墙,以便随时去房府探问病情。有这份情谊,太宗赐给房玄龄几个美女倒也合情合理;有这等关系,用"毒酒"跟房夫人开个玩笑,倒也无伤大雅。不过,这些只能算是大胆想象。

唐人笔记《朝野佥载》中还有一条类似记载,只不过当事人有所不同:"初,兵部尚书任瑰敕赐宫女二人,皆国色。妻妒,烂二女头发秃尽。太宗闻之,令上官赍金壶瓶酒赐之,云:'饮之立死。瑰三品,合置姬媵。尔后不妒,不须饮;若妒,即饮之。'柳氏拜敕讫,曰:'妾与瑰结发夫妻,俱出微贱,更相辅翼,遂至荣官。瑰今多内嬖,诚不如死。'饮尽而卧,然实非鸩也,至夜半睡醒。帝谓瑰曰:'其性如此,朕亦当畏之。'因诏二女令别宅安置。"

把这两篇报道对照起来看,便有些问题了。唐太宗好歹也算是明君,智商不会太低,即便他十分关心下属的生活起居,也不至于愚到接连给两个大臣的夫人灌"毒酒"吧?更不至于连事后发表的感言也基本相同。如此行事未免太没有创意。李世民若是就会翻来覆去念叨这两句话,岂不成了唐代祥林嫂?哪里还会开创贞观之治。

虽然事实真相尚未勘明,但"吃醋"一词却已深入人心。若不信,可以随便拉出个明星之类的公众人物问问,其人未必知道房玄龄为何许人，但是对于"吃醋"的含义，准能说个八九不离十。

说"吃醋"起源于唐代，于客观条件上倒无相悖之处。因为当时确确实实有了醋，也确确实实有人在吃。《朝野佥载》中便有记载，说的是荆州长史夏侯处信，是个抠门大爷，一般客人来访，连吃顿饭都难。"信又尝以一小瓶贮醯一升自食，家人不沾余沥。仆云：'醋尽。'信取瓶合于掌上，余数滴，因以口吸之。乃授直去，凡市易必经手。识者鄙之。"从中可以看出，当时的醋还是很珍贵的，否则夏侯先生再抠门，也犯不上藏着掖着，连家里人都不让吃。

从调味角度看，造醋实乃中国之一大发明，泽及后人多矣。

未有醋时，古人若想在饮食之中增添酸味，只能将梅子捣碎之后，取用其汁。《尚书》中"若作和羹，尔惟盐梅"，说的就是这段历史。由于盐和梅曾为人们生活中不可缺少的调味品，后人也用"盐梅"来比喻国家需要的贤才。吃菜喝汤仅靠盐梅调和滋味,虽然很环保,但是太单调,由此观之,古人的饭菜,即便是宫廷享用的"八珍"之类的极品,就其滋味的丰富性而言,逊于今人远矣。

据中国饮食史专家洪光住先生考证,中国以谷物酿醋,汉代已有之。不过,当时醋的流行名称为"醯",而"醋"字则有另外的含义。许慎在《说文解字》中说:"醋,客酌主人也。"也就是说,"醋"是宾主互相敬酒时说的客套话。后代说某人说话酸溜溜的,大概就是从这里引申出来的。因为既然是客套话,难免吹捧奉承的成分居多,被吹捧者固然很受用,旁听之人则难免有倒牙之醋感。一个人如果对领导说话经常带有醋味,最好敬而远之,以防不测。

最早的酿醋工艺可能是从酿酒发展而来的。中国过去的酿制酒,因未经蒸馏,度数较低,不加注意就会变质发酸。如果对此过程加以控制改良,便会造出醋来。故而醋在古时也称"苦酒"。

《齐民要术》中介绍了二十三种酿醋法,其中便有多种以酒为原料的酿醋方法。如动酒酢法，就是将酸酒转化为醋的工序："春酒压讫而动，不中饮者，皆可为醋。大率酒一斗，用水三斗，合，瓮盛，置日中曝之。雨则盆盖之，勿令水入；晴还去盆。七日后当臭，衣生，勿得怪也，但停置，勿移动、挠搅之。数十日，醋成，衣沉，反更香美。日久弥佳。"大致意思是，春酒压出来之后变酸了，还有不能饮用的，都可以做醋。一般比例为，一斗酒掺入三斗水，掺好之后倒入瓮内，放到太阳下暴晒。如果下雨，要用盆盖住瓮口，不让雨水进去，天晴了再将盆移开。七天之后，瓮里会散发臭味，上面还会出现一层白膜。对此不必大惊小怪，只需注意不要移动和搅拌。几十天后，醋就酿成了，白膜也会沉入瓮底，反而会增添醋的香美。酿成之醋放得越久，品质越佳。这确实是经验之谈。

　　唐末宋初，食醋的品质已有相当水平。北宋陶穀所著《清异录》中曾记录了"建康七妙"："齑可照面，馄饨汤可注砚，饼可映字，饭可打擦擦台，湿面可穿结带，醋可作劝盏,寒具嚼着惊动十里人。"这七妙,形象地描述了当时金陵饮食技艺之高超,其中除了"饭可打擦擦台"不知所云,其余大致都可明白。醋居然能充酒待客,足见其品质之高。

《清异录》中还有一段对酱醋的考评:"酱,八珍主人也;醋,食总管也。反是为,恶酱为厨司大耗,恶醋为小耗。"不但敕封醋为食总管,而且认为厌弃酱醋是厨师的绝大损失。陶穀能够给醋如此高的评价,大约是当时烹饪用醋已蔚然成风。

宋代带有"醋"字的菜品甚多,如醋赤蟹、醋白蟹、枨醋洗手蟹、枨醋蚶、五辣醋蚶子、五辣醋羊、醋鲎、酒醋肉、姜醋生螺、姜醋假公权等,菜名中未见"醋"字而实际用之的肴馔,也有不少。南宋林洪在《山家清供》中,便记录了一道"蟹酿橙",至今仍是浙江的名菜,还在 1983 年参加过首届全国烹饪大赛。其做法与南宋时相差无几,蒸蟹时要在盛放甜橙的盘子中屬入花雕和食醋,此外还要加一些白菊花,以充分体现"新酒、菊花、香橙、螃蟹之兴"。

宋代以嗜醋闻名的城市是杭州。北宋李之仪在《姑溪居士文集》中便提到,杭人"食醋多于饮酒"。南宋吴自牧在记录杭州生活习俗的《梦粱录》中更是明确写道:"盖人家每日不可阙者,柴米油盐酱醋茶。"第一次将醋列入生活必需品之中。当时百姓的语言更为生动,一生经历两宋五代皇帝的庄绰,在其所著的《鸡肋编》中云:"建炎后俚语,有见当时之事者。如:'仕途捷径无过贼,上将奇谋只是招。'又云:'欲得官,杀人放火受招安;欲得富,赶着行在卖酒醋。'"

"行在"本来泛指皇帝外出视察时的临时居所,在南宋则特指临安,也就是今日的杭州。宋高宗赵构南渡后,称临安为"行在",即行都,以示不忘故都汴梁。不过,这一"临"就是一百多年,到后来"直把杭州作汴州"了。

赶着行在卖酒醋,就能发大财,足见当时杭州人吃醋之普及。当时中央政府和临安府还分别在城里设有御醋库和公使醋库,专门生产食醋。凡事一旦有官家掺和在内,其中多有厚利可图。由此可以断定,卖醋得富,应非虚言。

"柴米油盐酱醋茶"这人家每日不可缺少的七种必需品中,盐、茶过去被官府十分看重,经常要"榷"之,即实行专卖,以便从中抽取高额税收,供养百官群僚。一些朝代逢到财政紧张时,也会拿醋来"榷"一下,从百姓口中抠出点钱财。宋、元两代和金国,都有榷醋的记载,有的地方甚至达到了"郡计仰榷醋"的地步。据《金史》记载:"章宗明昌五年,以有司所入不充所出,言事者请榷醋息,遂令设官榷之,其课额,俟当差官定之。后罢。承安三年三月,省臣以国用浩大,遂复榷之。五百贯以上设都监,千贯以上设同监一员。"《元史》中更有醋课收入的具体数字:"腹里,三千五百七十六锭四十八两九钱。辽阳行省,三十四锭二十六两五钱。河南行省,二千七百四十锭三十六两四钱。陕西行省,一千五百七十三锭三十九两二钱。四川行省,六百一十六锭一十二两八钱。江浙行省，一万一千八百七十锭一十九两六钱。江西行省，九百五十一锭二十四两五钱。湖广行省，一千二百三十一锭二十七两九钱。"从数字中可以看出，其时以江浙一带醋课收入最多，这应与当地嗜醋风俗有关。

为了维护食醋专卖制度的严肃性，北宋时徽宗赵佶还专门下过诏令："卖醋毋得越郡城五里外，凡县、镇、村并禁……。"连吃醋都如此不自由，今日看来未免可笑。

脂膏说道

　　中国古人烧菜做饭多用荤油,两汉之前甚至只有荤油可食,就连宫廷之中也不例外,只是讲究更多些。

　　《周礼·天官》中,为负责王室饮食的庖人制定了详细的岗位职责,其中重要的一项就是必须按照不同时令供应肉食,烹调用油也需成龙配套,不得苟且。春天要吃乳猪羔羊,以牛油加工;夏天吃腌腊野鸡和鱼干,用犬油烹调;秋天换成小牛和小麋鹿,用猪油制作;冬天则吃鲜鱼及大雁,用羊脂烹制。有的宫廷菜肴,还专门要求用狼臆膏即狼胸腔里的脂肪烹制,好在当时打狼不犯法,不然就麻烦了。古人用油之所以有这么多讲究,是认为不同季节的肉食之秉性各有不足,只有用相应的动物油脂加以调和,方可益于健康。

《周礼》中对于王室四季所用之牛、犬、猪、羊诸油,其原文分别是"膏香""膏臊""膏腥"和"膏膻",一般人很难弄清楚是什么东西。因此有人想出个简化办法,凡是用动物脂肪提炼出的油,一概以"脂膏"称之。脂与膏的来源不同,《说文解字》的解释是:"戴角者脂,无角者膏。从肉,旨声。"就是说,有犄角的动物如牛、羊身上的油,为脂;没有犄角的猪、狗、鸡、鸭之类的油,为膏。"脂"的发音与"旨"相同,只不过加了个肉月旁以表明其性质。

脂膏对于中国美食的发展贡献大矣。中国最早见诸文字的宫廷大餐——周天子享用的"八珍"中,便多有脂膏掺和。其中的淳熬、淳母也就是稻米和黍米盖浇饭,将肉汁浇到饭上后，还必须"沃之以膏"，即淋上熟猪油之类以增其味。过去上海里弄人家所吃的猪油拌饭，应该就是淳熬的遗风。而炮豚、炮羊，则是将整只乳猪、羔羊烧烤之后，放入油锅煎炸，然后隔水加热三天三夜。另一道菜肝膏的制法，是以网油将狗肝包裹后放在火上炙烤，直到网油干焦，脂肪渗入狗肝之中，方成美味。若无脂膏的积极参与，"八珍"便会去其五，不成气候了。

古人造字多有说道，像"脂膏"之类带有肉月旁的字，一般与动物的身体部位或是形态有关，因此，许多成语如"肝胆相照""肺腑之言""脑满肠肥""病入膏肓""切中肯綮"等，一看字的外形，便可大致明白其所自。其中与脂膏有关的说法也有，一个是"刳脂剔膏"，意思与"敲骨吸髓"差不多，都是指掌权者对百姓的残酷盘剥。还有一个，是"脂膏不润"，意思正好与前者相反，指当了官却不知捞油水，冒傻气。这中间还有一个故事。

话说东汉初年，一个叫孔奋的人出任姑臧的地方官，其辖区即今天的甘肃武威市。当时内地战乱未平,姑臧于是成了外贸重镇,许多羌胡即外商在此做生意,市面相当繁荣。当官者只需勾留数月,便可混得脑满肠肥,腰缠万贯,包括外币。可是孔奋在姑臧干了四年,非但存折毫无进步,饮食也十分寡淡,除了给老娘弄点荤腥以尽孝道,天天和老婆、儿子吃萝卜白菜。"时天下未定,士多不修节操,而奋力行清洁,为众人所笑。或以为身处脂膏,不能以自润,徒益苦辛耳。""脂膏不润"一词遂由此而生。

待到天下安定,河西地县两级官员悉数被调回朝廷另行安排工作,另换一拨人捞油水。一时间,漫山遍野竟然塞满了运送官员财货的车队,只有孔奋一家单车就路,十分格涩。姑臧百姓及外商于是召开联席会议,说孔先生清廉仁贤,全县为此受惠颇多,如今人走了,应该有所表示,"遂相赋敛牛马器物千万以上,追送数百里。奋谢之而已,一无所受"。从《后汉书》的这段记录看,孔奋确实是官场另类,不但不知搜刮民脂民膏,连送上门的礼物也不收。

这等当官的实在是太少,故而"脂膏不润"一词,很少为人知晓。

中国旧时的一些说道很有意思。比如,放养牲口和管理百姓都可称为"牧"。周代掌管六畜的官员叫"牧人",而管理民政的官吏则为"牧夫",以后,省地级地方官还有"牧守""牧伯""牧宰"等别称,这大概与当初官员的职责是管理奴隶有关。既然升斗小民在掌权者眼中与牛羊猪狗差不多,属于"牧"的对象,从他们身上搜刮点油水自然也就成了小事一桩。在这种环境下,极少数脂膏不润者,自然就会被众多刳脂剔膏者视为"徒益苦辛"的傻帽儿。而庶民百姓在长期被"牧"之后,往往也会觉得不贡献点儿"辛苦费"实在说不过去,因此才会上赶着给孔奋们送礼。

两汉之后,植物油开始进入烹坛,脂膏之地位遂有所下降。如今,随着"三高"分子渐多,脂膏已被许多人拒之碗外。但不少老饕明白,中国许多菜肴非用脂膏不能增其美味,因此照吃不误。北京的麻豆腐,只有用羊油,特别是羊尾巴油炒之,味道才浓郁;涮羊肉时若用些羊脂片润锅,羊肉会更加丰腴;四川的麻辣火锅,添入牛油才够正宗;而担担面中加上少许猪油或鸡油,风味绝佳。脂膏虽为同类,但术业有专攻,八宝饭只有与猪油搭帮味道才好,而裱花蛋糕则唯奶油可用,两者若是轮岗,难免闹出事故。我有一次图省事,做八宝饭时将猪油换成了半块黄油,结果饭中本该有的香气变成了膻气,还有一股辛辣味,彻底砸锅。看来,古人有关膏香、膏臊、膏腥、膏膻之类的说道确实值得好好研究,认真继承;同时,还应研究如何让"脂膏不润"成为常态。

月饼杂拾

中国多年节。过去逢年过节多要吃吃喝喝，有的还外带玩乐。

宋朝时，过年过节该吃什么东西，已然有一定之规。像元旦要饮屠苏酒，立春食春盘，元宵节则要吃糯米圆子以及用绿豆粉做成的蝌蚪羹（大约和现在的粉鱼差不多），寒食要吃醴酪（以粳米或大麦做成的粥）和小枣蒸糕，端午节吃角黍（粽子），七夕吃糖油面制成的"果食"。此外，中秋有玩月羹,重阳有米锦、重阳糕,冬至有百味馄饨,腊日有萱草面、腊八粥,等等。宋代京官没有双休日,一旬之中,有一天不必上朝面圣,可以泡泡澡堂子,搞搞家庭卫生什么的。一年中的其余假日,则大都安排在这些年节之中,好让当官的与小民一同乐和乐和。

中国过去为什么会有这么多吃喝玩乐的节日?清末进士尚秉和老先生在《历代社会风俗事物考》中说:"盖无论士农工商,终岁勤劳,无娱乐之时,则精神不活泼,古之人于是假事以为娱乐。原以节民劳,和民气,亦即所谓张弛也,此其义也。"此话甚有道理。

想当初,黎民黔首生活本不宽裕,又无报纸杂志可读,无电影电视可看,无官场争斗可操心,穷极无聊,便易生事,影响社会安定。因此,多整出点连吃带玩的节庆活动,配套成龙,让大家一年到头都有闲心可操,还能存个"月上柳梢头,人约黄昏后"的念想,无事生非的概率自然大大下降,社会也因此太平许多。只要升斗小民还有口饭可吃,这种治理方式基本有效。好日子谁不会过?

为了营造节日气氛,有时候最高领导也要放下架子,出面与百姓掺和掺和。宋代将上元节即正月十五定为官方节日,各处都要张灯结彩,京城张灯五天,外埠三天,其间城门弛禁,通宵开放,大家可以闹个痛快。据《东京梦华录》记载,节日期间,皇上其实也挺忙活,正月十四、十五两天,首先要举行"对御",即大宴群臣;补充油水之后,十五日晚还要出席文艺演出,地点在宫城的宣德楼。宣德楼下设一露台,由民间艺人表演傀儡(木偶)戏、杂技、魔术和戏剧等,楼上用黄罗设一彩棚,张挂帘幕,圣上及其家人则坐在其中欣赏节目,四周布满警卫人员。草民百姓可以围在露台四周观看演出,不收门票,不过也不能白看,得接长不短儿地遵从乐手的指挥,高呼"万岁",好让高高在上的圣上心里舒坦。看来,天下真是没有免费的午餐。

有的节日,原来并不怎么起眼,但经官方鼓吹之后,由于和民众的某种心理需求相契合,于是流传开来,蔚为大观。中秋节便是一例。中国古人虽然早有八月祭拜月亮的习俗，但只是为了祈祝丰年，不把它当正经节日过。直到唐朝，经唐玄宗李隆基倡导，才逐渐形成了中秋赏月的风气。据《开元天宝遗事》记载，某年八月十五之夜，唐玄宗备下便宴，与宫中值夜班的文人一起品酒赏月，感觉不错，于是将其定为制度，年年照此执行。李隆基还曾下令，在太液池西岸修筑百丈高台，与杨贵妃一起登高玩月。没承想，高台还没搭成，就闹起了"安史之乱"，直闹得玄宗丢了皇位，舍了爱妃，只剩下"行宫见月伤心色，夜雨闻铃肠断声"的凄凉心境，再无赏月情致。不过，民间人士赏月之风并未受到影响，还给中秋节起了个好名字——团圆节。经过乱离之后，人们对阖家团圆的企盼更为强烈。

　　唐玄宗赏月，虽有酒宴，却无月饼，从吃喝的角度看，中秋节的体制尚不完备。南宋时，似乎仍无中秋品尝月饼的习俗。据《武林旧事》记载，南宋中秋时，宫中要赏月，赏桂花，演奏乐曲，"如倚桂阁、秋晖堂、碧岑，皆临时取旨，夜深天乐直彻人间。御街如绒线、蜜煎（即蜜饯）、香铺，皆铺设货物，夸多竞好，谓之'歇眼'"。没月饼什么事。

待到明清两代，宫廷中秋要吃月饼已成定例。据明代万历、天启时的太监刘若愚所著《酌中志》记载，宫中八月十五"家家供月饼、瓜果，候月上焚香后，即大肆饮啖，多竟夜始散席者"。到了清末，每逢中秋，皇上、太后便要颁旨让御膳房准备月饼，自食之外，还要遍赐王府的福晋、格格以及军机大臣、内务府大臣、总管太监，以示共享团圆之意。有了当局的倡导，官府民间皆仿效之，一到八月十五，京城上下便闹腾着互送月饼，和现在情况差不多，只是还没有快递公司掺和。

不过，彼时月饼滋味远逊于今日，包括御用月饼在内。据清末富察敦崇《燕京岁时记》载："中秋月饼以前门致美斋者为京都第一，他处不足食也。至供月月饼到处皆有。大者尺余，上绘月宫蟾兔之形。有祭毕而食者，有留至除夕而食者，谓之团圆饼。"御膳房的月饼，据说就是这种祭而后食的团圆饼，只是规格更大些，径有二尺余。能够从八月十五留到大年三十的货色，必定是少油缺料，不然准得哈喇了，其味道可想而知。这种团圆饼的后代，十余年前仍存于世。其时市面供应尚不丰富，逢到年节，各单位都要想方设法倒腾点时令商品，以示对员工的关心。有一次过中秋，我们单位便发了一个直径尺余的大月饼。此月饼之最大特点就是一个"硬"，有点刀枪不入的意思。懂行者说，这种上供月饼必须放入蒸锅回软，而后方能分而食之。当时因嫌此程序过于麻烦，遂将其转赠别人。因此这等月饼究竟有何名堂，不得而知。

计划经济时代，曾经流传过一个笑话。说是某人从商店买得几块月饼，出门时不小心摔了一跤，月饼滚至马路上，被飞驰而过的汽车一轧，嵌入路面，居然完好无损。该人想把月饼起出带走，却苦无合适工具。从商店出来的另一个人见状，连忙递上一根刚买的江米条说，用这个试试。结果，借助这根江米条，轧进路面的月饼终于被完整地撬了出来。京城点心，可谓硬朗之极。

致美斋月饼直到民国时盛名犹存。著名文物专家兼美食家朱家溍先生对此有具体描述："致美斋做的面点，如焖炉烧饼，有枣泥馅、椒盐馅、干菜馅，都很好，中秋节前后供应的月饼尤其好。致美斋的月饼与各点心专业所做的都不同，有枣泥松子馅和葡萄馅，直径六厘米，厚约三厘米，皮馅各半，酥软异常。葡萄馅的妙在皮和馅界限不分明，它的美既在馅，也在皮。这种月饼热的尤其好吃。"可惜，如今人们只能从文字之中品咂其滋味了。

北京的传统月饼有自来红、自来白、酥皮、提浆等，过去制作也很讲究。自来红的馅料为枣泥、白糖加冰糖和桃仁等，烤色较深，凸面上有一个黑红色的圆圈，上有小孔，像针扎出来的；自来白为什锦馅，有枣泥、澄沙、咸瓤、豌豆、山楂、青梅等，皮子是用精白面制作的，烤色较浅。过去，这些传统月饼也有名牌，像前门外的正明斋饽饽铺的月饼，馅料要用北京西山的薄皮核桃、密云的小枣、云南的桂花、北山的山楂等，制作皮子时，一斤面要兑四两香油。因此，正明斋做出的月饼，放在瓷盘中不到一天，盘底就会现出薄薄的一层油。由于选料讲究，货色地道，正明斋的各种点心从清代同治年间起便进入宫廷，供圣上、太后们享用。民国初期京城历任最高领导像袁世凯、曹锟、吴佩孚、张作霖等人，也都是正明斋的大客户。不过，这些都是曾经的辉煌了。

　　近年来在苏式、广式等外来月饼的冲击下，京城传统月饼似乎有些不景气。除了少数老北京还拿来说事儿，一般年轻人对此并不感冒。其实，传统月饼如果真正做到不走样，一样有拥趸，云南昆明的火腿月饼就是明证。昆明吉庆祥的硬壳云腿月饼实在是好。好在油而不腻，酥软鲜香。其做法是先将火腿洗净去骨，切成大块蒸熟，然后改刀切成黄豆大小的肉丁，与蜂蜜、白糖、熟面拌匀，作为馅心，包入用白油、糖粉、蜂蜜等和成的面皮之中，用中火烤熟。火腿入糖，可使其鲜美更为彰显。过去徽菜十分讲究以火腿和冰糖佐味提鲜，可谓深谙此道。

吉庆祥的云腿月饼如今已销到了京城，普通包装的前两年售价仅四元，去年涨到了五元，质价也还相宜。京城之中，此种月饼只在有数的几家云南商店出售，而且不到八月十五便已售罄。此后的一年中，只能干馋傻等。两年前，我曾于中秋之前买了一些云腿月饼分送朋友，颇得好评。云腿月饼如今也有许多升级版，但我以为还是传统的硬壳月饼味道最佳。和云南人初次相识，如果一时找不到合适的话题，不妨说点吃喝闲话，谈谈火腿月饼，谈谈鸡枞、干巴菌，保管你会得到热情回应。因为这些都是云南人的骄傲。

我之与云腿月饼相识，是缘于父母。当年他们在西南联大上学时，便结识了吉庆祥月饼，来京几十年，一直念念不忘。偶有熟人出差带回几块云腿月饼，老人定要召集全家一起分享，并津津有味地追忆上学时的种种趣事，一家人其乐也融融。那滋味至今让人难以忘怀。如今，北京也有了云腿月饼,父母却已远去多年。呜呼!

　　人们钟爱某些吃食,是因为里面常常掺杂着特别的感情。

冰糖葫芦

冬日北京街头，有两种当家小吃，一为烤白薯，一为冰糖葫芦。烤白薯，他处抑或有之，冰糖葫芦，则应数京城最为正宗。

据老北京说，清朝末年庆亲王府中的小吃盖北京，王府的福晋、格格经常以此馈赠亲友。当时街巷之中的许多小吃，都是从庆亲王府中偷偷学出来的，其中就有冰糖葫芦。最早的冰糖葫芦，只是吃着玩儿的，一串之上只有两个红果(北京人把大山楂称为"红果"),上面的小,下面的大,果子外面蘸糖,中间用一根竹签穿起。因其形状酷似葫芦,故以"冰糖葫芦"名之。到了后来,可能是为了利于售卖,一根竹签上穿起了一串果子,冰糖葫芦的名字却没有改,但与其本意已相差甚远了。这是冰糖葫芦起源的一种版本。

还有另外的版本。说是八百多年前的南宋时期,宋光宗赵惇最宠爱的黄贵妃得了不知名的病,面黄肌瘦,不思饮食,久治不愈,御医束手。最后,皇上只好请来一位民间游医为贵妃诊脉,也算是"死马当作活马医"吧。这个民间游医给贵妃娘娘开出的药方是冰糖与山楂一起煎熬,每顿饭前吃五至十枚,并保证十五天见效。黄贵妃服了半个月,顽疾果然痊愈。这是因为,山楂能够消食积、散瘀血、驱绦虫、止痢疾,特别是助消化的功效十分明显。大概是黄贵妃所食山珍海味过多,积住了食,因此用山楂便解除了病痛。后来这种冰糖与山楂一同煎熬的做法传到民间,老百姓又把山楂穿起来卖,就成了冰糖葫芦。

这种说法固然很有科学道理,但是与冰糖葫芦却沾不上边。将冰糖或是蜂蜜与山楂等果品同煎同煮,所制成的是另外一种食品——蜜饯。这在宋朝确已有之,当时叫作"蜜煎"。北京的冰糖葫芦原料虽然也是冰糖与山楂,但两者只是"表面交情",没有同锅煎熬的"战斗友谊",故而酸甜之味互不干涉,与蜜饯全然不同。

北京冰糖葫芦的通常做法是,将新鲜红果洗净晾干,用一尺左右的竹签穿起来,每七八枚红果穿成一串。然后将冰糖或是上好的白糖放在锅中用小火慢熬,锅旁放一块光滑如镜的石板,上面抹一层香油。等到冰糖全部化开并有泡沫泛起时,将穿好的红果放到锅里翻个身,将其周身蘸满糖汁,再放到石板上晾凉。如此这般之后,便制成了酸甜味美的冰糖葫芦。熬糖讲究用砂锅或是铜勺,功夫全在火候上。火候不够,红果外面的冰糖吃起来粘牙;火候过了,味道又会发苦。

　　北京的冰糖葫芦何处最佳？似乎难有定论。著名红学家、民俗学家邓云乡先生认为，"当年北京最好的糖葫芦是东安市场的，在那雪亮的电灯照耀下，摊子上摆着一层一层的，釉下蓝花或是五彩釉子的大盘里，放着各样新蘸得的冰糖葫芦，在那里闪闪发光，泛着诱人的异彩。其中有红果的、海棠的、核桃仁的、榲桲的、山药的、山药豆子的、红果夹豆沙的……，品种繁多"。

　　而美文家兼美食家梁实秋先生则另有主张。他在《雅舍谈吃》里回忆说，冰糖葫芦"以信远斋所制为最精，不用竹签，每一颗山里红或海棠均单个独立，所用之果皆硕大无疵，而且干净，放在垫了油纸的纸盒中由客携去"。

　　信远斋是一家蜜果店，原来在东琉璃厂把口处。这家店最有名的是夏天的酸梅汤和酸梅卤，冬天的冰糖葫芦也极有特色，且有好几种做法。一种是将红果破开或轻轻按扁，几个穿成一串，外面薄薄贴上一层豆沙，豆沙上再嵌入摆成京剧脸谱等图案的瓜子仁，然后裹糖。这种糖葫芦远远望去,红是红,黑是黑,白是白,三色相间,格外醒目。还有一种叫"糖墩",先将一个红果破开,去核,中间夹进一块核桃仁,再裹上糖,这样吃起来就不会倒牙了。这就是梁实秋先生文章中所说的独果糖葫芦。

如今,东安市场已不复旧时模样,信远斋也迁至他处,人们只能通过文章领略当年冰糖葫芦的精彩了。

北京城卖冰糖葫芦的,除了坐商,还有走街串巷四处叫卖的小贩。过去城里各处卖糖葫芦的吆喝声,各有各的腔调。南城的吆喝是:"葫芦冰糖的,蜜嘞糖葫芦。(白)还有几串,谁砸锅去?""砸锅"是说把剩下的几串都赢了去。当时有的做小买卖的还带抽彩,类似现在的有奖销售。北城的吆喝则是另一个味儿:"蜜嘞哎海哎,冰糖葫芦嘞哎嗷。"听到吆喝声,四合院里的小姑娘、小小子便会奔出来,手里攥着爷爷奶奶给的零花钱,从小贩那里换回一串冰糖葫芦,然后蹦蹦跳跳地跑开。那又红又亮的冰糖葫芦,为灰蒙蒙的北京冬日增添了一抹暖色。

北京冰糖葫芦所用之红果，多产自周边山区，但过去城中从事红果批发业务的商行少之又少。这里面还有一个故事。据《清代野记》中的一则掌故《野蛮时代之专利特许》记载："自来京师，各种货物行店皆不止一家，唯红果行（即山楂红也），只天桥一家，别无分行，他人亦不能开设，盖呈部立案也。相传百余年前，其家始祖亦以性命博得者。当时有两行，皆山东人。争售贬价，各不相下，终无了局。忽一日有人调停，谓两家徒争无益，我今设饼铛于此（即烙饼之大铁煎盘也，大者如圆桌面），以火炙热，有能坐其上而不呼痛者，即归其独开，不得争论。议定，此家主人即解下衣盘膝坐其上，火炙股肉支支有声，须臾起立，两股焦烂矣。未至家即倒地死，而此行遂为此家独设，呈部立案，无得异议焉，故至今只此一家也。"

如果没有这段记录，谁会想到，在甜酸适口的冰糖葫芦后面，竟然还有如此惊心动魄的故事。

除了北京，冰糖葫芦天津亦有之，名为"糖堆儿"。清

末民初时,此处的"丁大少"糖堆儿甚为有名。曾经与梅兰芳合作多年的许姬传老先生,在《许姬传艺坛漫录》中对此有具体描述:

　　我二十岁时居津,有一天,走到东门脸,忽听有人吆喝"糖堆儿",声音洪亮,听人介绍这是"丁大少"。我见此人正当中年,皮肤白净,头戴黑皮帽,穿一件花缎袍子,大襟斜敞,露出狐皮里子,手托朱红漆盘,上面搁着几十串糖堆儿,男男女女都围上去买。我挤不上,幸遇洋车夫老张,我掏两毛钱请他代买,老张给我买了两串,我们就在路边吃,果然甜酸香脆,与众不同,几分钟内,糖堆儿卖完,"丁大少"转身走了。

　　"丁大少"叫丁伯钰,他父亲原是候补道,死后家道中落,他自食其力,靠卖糖堆儿为生。在那个社会,大少爷卖糖堆儿是新鲜事儿,但凭手艺吃饭,并不丢脸,一毛钱一串可不便宜,如果味道不好是销不动的。

据说"丁大少"从小爱吃某师傅做的糖堆儿,后来就把这位师傅接到家里供养着,并向师傅学得手艺,窍门是熬冰糖火候掌握得好,脆甜而不粘牙。

候补道相当于现在的地厅级干部,只是没有实缺而已。由此看来,这丁大少好歹也算是高干子弟了。以此身份去卖糖堆儿,搁到今天也算是新鲜事。

据说,丁伯钰做糖堆儿讲究真材实料,糖料必须使用荷兰冰花糖、日本糖,熬糖时还要加上少许糖稀。蘸糖堆儿用的红果,要选用河北冀县(今河北衡水市冀州区)、涿州和天津蓟县(今天津市蓟州区)的大红果。一支糖堆儿四个红果,最后的两个还要夹上豆馅,豆馅上点缀核桃仁、瓜条、京糕和一片橘饼。当时有人做过试验,冬天里将丁伯钰的糖堆儿放在皮袄上,拿起绝对沾不下皮毛,足见这糖堆儿做得多地道。

可惜,丁大少创制的糖堆儿未能发扬光大,如今已成绝响。而今天的"丁大少"们,大都专攻房地产去了。

除了冰糖葫芦,北京还有一种大糖葫芦,这是春节期间城里厂甸和城外大钟寺庙会特有的年货。它的做法是用荆条穿上山里红,然后用刷子刷上饴糖。这种大糖葫芦小的长三尺余,大的五六尺长,顶上插以红绿纸小三角旗,很是惹眼。不过这种大糖葫芦制作粗糙,而且易沾灰,不宜入口。逛完厂甸归来手持大糖葫芦招摇过市,也是北京春节一景。如今,中断三十多年之后,北京又恢复了春节逛厂甸活动,大糖葫芦也重现市面。这很好。

臭食巡礼

中国人之嗜臭不知始于何时。

至少在隋朝，人们已经开始有意识地制造臭鱼了。那方法在《太平广记》中有颇详细的记载："当六月七月盛热之时，取鮆鱼(一种海鱼)长二尺许，去鳞净洗。停二日，待鱼腹胀起，方从口抽出肠，去鳃留目，满腹纳盐竟，即以末盐封周遍，厚数寸。经宿，乃以水净洗，日则曝，夜则收还。安平板上，又以板置石压之。明日又晒，夜还压。如此五六日干,即纳干瓷瓮,封口。经二十日出之。"

据说经过这般料理的鲍鱼,"其皮色光彻,有如黄油。肉则如糗,又如沙棋之苏者,微咸而有味"。好好的鲜鱼不吃,非要搁到肚子大了,生出异味,再七荤八素地折腾一番,古人逐臭之志可谓坚矣。

又据说,这臭鱼法的发明人是隋炀帝时的会稽人杜济。他精于品味,懂得烹调,因此人称"口味使大都督",也算是省军级干部了。可惜这个"都督"只是荣誉称号,没有地盘,最多只能领导领导锅碗瓢勺,实惠不大。

隋时会稽治所即今之绍兴,鲁迅的老家。此处本为水乡,又近大海,水产品自是不少。渔货在运输中变腐生臭在所难免,将臭就臭,再做加工,化腐朽为神奇,也是顺理成章的事。绍兴人至今仍食臭,且极有水平,可作为这一推论的佐证。杜济很可能只是将家乡的臭鱼之法精致化,再找人多热闹的地方公关一番,于是挣了个什么"大都督"。

中国嗜臭带似乎集中在长江中下游。沿江一线的上海、南京、武汉、长沙都有油炸臭豆腐干卖。绍兴的臭千张，更是其臭无比，一口吃下去，噎得人话也说不出，但随后浑身通泰，妙不可言。这一带开化较早，物产丰饶（中国豆腐也在此诞生），气候湿热。丰饶则升斗小民不致吃了上顿没下顿，湿热则家中所存食品易生霉变味。中国百姓过日子一向仔细，霉变之物舍不得扔掉，便会想出种种方法加工过后再吃，一来二去地，臭食遂成了气候。此说尚在大胆假设阶段，如果有人愿意小心求证，写上一部《中国臭食之问世乃全球可持续发展战略思想之滥觞》，再找人多热闹的地方公关一番，准能成气候，蒙对了还能参评"诺奖"。

如今，逐臭之风在中国已呈燎原之势，南北各地均受到此风吹拂。南宁街头油炸臭干子的小贩随处可见，厦门海滩也有臭干子现身，食之者踊跃；北京集市也可见到满身绿斑的鲜臭干，供人购回自炸自食。

北京人过去只认本地的王致和臭豆腐。其外形和质地都与南方的臭干子不同，味道也更强烈。传说王致和为一进京赶考秀才，落第后因无盘缠回乡，只好在京城卖豆腐。一次卧病在床，豆腐几日未能卖出，遂生霉变味。王致和将其加盐存入罐中，意在日后自食。谁知几个月后一种全新食品竟闪亮登场。其实，推出一种食品未见得比创立一种学说容易，没有几代人的摸索改善很难臻其佳境。很可能王致和是南方人或在南方待过，对臭干子的做法略知一二，将其引入北京后，几番折腾方鼓捣出个新花样。北京四周过去少食臭习俗，也可佐证臭豆腐当为引进后改良产品。

臭食少贵族气，多在百姓家中。往大里说，可能是因为臭食是对中国正统思想的一种反叛。当年孔老先生对吃饭穿衣都有讲究，《论语·乡党》中对起坐饮食要求之详细具体，绝不逊于现在的党报报道计划。其中明确规定，肉变质不吃，食物变色不吃，气味难闻不吃。臭食可是既变质，又变色，更难闻，君子不屑，于是只好混迹于平民之中。北京的臭豆腐尤其如此。这东西认粗不认细。就着贴饼子、烤窝头片吃，十分贴切；和馒头、烧饼在一道，就不是那个味儿。真怪！

食臭亦有道。鱼可臭而后食，肉则不可。其臭不正且有毒素，吃了要生病甚至死人。从日常话语中，也可体察臭鱼与臭肉的差别。说你是臭鱼，好歹还有点利用价值：臭鱼烂虾——送饭的冤家。说你是臭肉，那就基本等同于狗屎了。当年知识分子被称为"臭老九"，恐怕还应算在臭鱼级。我家老爹在样板团当过几年编剧，"文革"一来便成了"反动学术权威"，被发配扫地抬煤。后来江青觉得还得有人写戏，于是将他"解放"，但同时下了一道指示，"此人内部控制使用"。正儿八经臭鱼一条。

肉不可臭食但又有人想吃臭肉，于是发明了借臭之方。湖北有一道"臭干回锅肉"可为典范。将臭干与猪肉同炒，加微辣，成菜后肉中有臭香，臭干中有肉香，辣椒又能丰富其滋味，甚美。中国老百姓对付生活中的禁区，绝对有辙。

食臭习俗是可以培养出来的。清代沈复在《浮生六记》中曾追忆自己如何在妻子陈芸的劝诱之下，从反臭派变为拥臭派："其（指陈芸）每日饭必用茶泡。喜用茶泡食芥卤乳腐，吴俗呼为臭乳腐；又喜食虾卤瓜。此二物余生平所最恶者，因戏之曰：'狗无胃而食粪，以其不知臭秽；蜣螂团粪而化蝉，以其欲修高举也。卿其狗耶？蝉耶？'芸曰：'腐取其价廉而可粥可饭，幼时食惯。今至君家，已如蜣螂化蝉，犹喜食之者，不忘本也。至卤瓜之味，到此初尝耳。'余曰：'然则我家系狗窦耶？'芸窘而强解曰：'夫粪，人家皆有之，要在食与不食之别耳。然君喜食蒜，妾亦强啖之。腐不敢强，瓜可掩鼻略尝，入咽当知其美；此犹无盐貌丑而德美也。'余笑曰：'卿陷我作狗耶？'芸曰：'妾作狗久矣，屈君试尝之。'以箸强塞余口，余掩鼻咀嚼之，似觉脆美，开鼻再嚼，竟成异味。从此亦喜食。芸以麻油加白糖少许拌卤腐,亦鲜美。以卤瓜捣烂拌卤腐,名之曰双鲜酱,有异味。余曰:'始恶而终好之,理之不可解也。'芸曰:'情之所锺,虽丑不嫌。'"

《浮生六记》写的都是些寻常小事,无甚宏论,但是文笔甚好,很有味道。文中提到的"芥卤乳腐",从制作工艺上看,应该就是今天的臭豆腐干。

臭货是需要专门制作的,放在臭坛子中。南方很多人家里有个臭坛子,内装臭卤——腌芥菜挤下的汁放几天即成了臭卤。将豆腐干、面筋、百叶等豆制品,或是莴苣、冬瓜、豇豆等蔬菜放入其中,几天便成了臭货。臭货中最特殊的是臭苋菜秆。苋菜长老了,主茎可粗如拇指,高三四尺,截成二寸许小段,入臭坛。臭熟后,外皮是硬的,里面的芯呈果冻状。嚙住一头,一吸,芯肉即入口中。这是佐粥的无上妙品。北京的孔乙己酒家便有臭苋菜秆卖,但臭度不够,据服务员说是怕北京客人吃不惯,因而简化了工艺。惜哉!

　　鱼鲜等荤物，则另有制作方法。皖南有一道名菜"臭鳜鱼"，其制法为：选一木桶，先在底部撒上少许精盐，然后逐一将鱼表面抹上适量的盐，整齐地放入桶内，一层一层往上码，最后在上面放重物将鳜鱼压紧。每天上下翻动一次，数日后闻到臭味时便可出桶。洗净，清蒸或是红烧。鱼之微臭烹制之后转为奇香，味道甚绝。几年前，一个多年未见的朋友在京城一家徽菜馆请客，我因有事后到，遂叫我补点一菜。我因仰慕臭鳜鱼已久，便急急呼之。众人皆笑，说刚刚点菜时已然让其下岗，没想到又叫你召回来了。此鱼味道确实非同一般，香臭混杂，只有细细品尝才能臭中觅香。在场的多数人稍动筷子便敬谢不敏，我的女儿当时还在上初中，却对此菜兴致颇浓，趁着大人谈话时在臭鳜鱼身上连连扫荡，最终将其收拾得骨刺毕露，丝肉全无。看来，嗜臭似乎也可遗传。

　　臭鳜鱼之问世据说与清代盐商有关。当时盐商的老家多在徽州，他们在淮扬一带倒腾盐包时，山珍海味吃滑了嘴,及至赚足了银钱回乡养老,仍然惦记着长江鳜鱼之美,遂差人从江边购鱼运回。其时没有飞机、火车、汽车可资利用,鳜鱼要访问徽州,只能靠人挑,路上要走好几天。为了防止鲜鱼腐烂,挑夫便将鳜鱼放入木桶用盐腌上,可到家时仍然发了臭。有人不忍弃之,便试着将臭鳜鱼收拾收拾,烹而食之,没想到味道居然不错,于是此菜便流行开来,成为当地特色,并向全国传播。

如今,在京城欲做逐臭之夫,已相当便利。除了传统的王致和臭豆腐,饭店、食摊多有油炸臭干子卖。不过其臭级往往不高,要想过瘾还是自己烹制的好。到农贸市场,拣选那种棱角已经不甚分明、有些发糟的新鲜臭豆腐干,与肉同烧,鲜肉、咸肉、腊肉均可,烧时加郫县豆瓣、整瓣大蒜、料酒、葱、姜、酱油等,起锅时再撒上一大把粗粗的青蒜段,那味道,简直没的说。如再配上温热的加饭酒佐餐(花雕味道稍嫌甜),虽南面王不易也。

自然界中也有臭物。云南的干巴菌,细品便有些臭味。汪曾祺对干巴菌做过具体描述："菌子里味道最深刻（请恕我用了这样一个怪字眼）、样子最难看的,是干巴菌。这东西像一个被踩破的马蜂窝,颜色如半干牛粪,乱七八糟,当中还夹杂了许多松毛、草茎,择起来很费事。择出来也没有大片,只是螃蟹小腿肉粗细的丝丝。洗净后,与肥瘦相间的猪肉、青辣椒同炒,入口细嚼,半天说不出话来。干巴菌是菌子,但有陈年宣威火腿香味、宁波油浸糟白鱼鲞香味、苏州风鸡香味、南京鸭胗肝香味,且杂有松毛清香气味。"

他老人家对干巴菌的味道说了半天,其实也没有他的孙女我的女儿小学五六年级时的一句评价直截了当："整个一股臭鞋底子味。"

图书在版编目（CIP）数据

六味集/汪朗著. --郑州：河南文艺出版社，2024.6
（2025.7重印）

（舌尖主义文丛）

ISBN 978-7-5559-1394-8

Ⅰ.①六… Ⅱ.①汪… Ⅲ.①随笔-作品集-中国-当代 Ⅳ.①I267.1

中国国家版本馆 CIP 数据核字（2023）第 026636 号

选题策划	李建新	
责任编辑	李建新	
责任校对	殷现堂	
责任印制	陈少强	
书籍设计	吴　月	

出版发行	河南文艺出版社	印　张	9
社　　址	郑州市郑东新区祥盛街 27 号 C 座 5 楼	字　数	116 000
承印单位	河南瑞之光印刷股份有限公司	版　次	2024 年 6 月第 1 版
经销单位	新华书店	印　次	2025 年 7 月第 2 次印刷
开　　本	787 毫米 × 1092 毫米　1/32	定　价	49.00 元